故乡千万里

符力 著

长江出版传媒
长江文艺出版社

符 力

1970年代生于海南万宁，《诗刊》社编辑、中国诗歌学会副秘书长。著有诗集《奔跑的青草》。文学评论刊于《当代作家评论》《诗探索》《星星（诗歌理论）》。参与主编诗集《21世纪诗歌精选》《新时代诗歌百人读本》《明月沧海的高蹈脚步》《这一夜，碧溪潮生两岸》等。曾获2012-2013年度“海南文学双年奖（新人奖）”。现居北京。

目 录

辑二　那个声音多么熟悉：来，我帮你

辑三　命运为轻盈之人敞开千万条去路

辑四　明亮的事物都曾得到神灵的亲吻

辑五　别踢它们，它们已是落叶

辑六　你摊开书本遮着脸

辑七　我哭完了又继续忙碌

辑一

惊雷连连，像振聋发聩的训斥

登烂柯山

石梁之上，阴冷尚未磨出切肤的锋利。
风涌着我身心的船只，也涌着
五彩群山的海洋。

青松减却三成颜色。枫树用最后的力气，
撑开明艳本身。
水杉举着红褐叶子，举着熊熊燃烧的
火把——我见过山间各种树木，
记得林下诸位诗友：他们
纵论闲谈，在水边直行，在鸡爪槭旁转身，
在石台上眺望，做手势。

当我扶栏下山，远方景象恍然闪现：
阴霾又起。白蜡树片叶不剩。
忍冬树丛在风中颤抖。
浓烟腾空。男人被脱去衣服。
妇女、老头踉跄走着，三岁女孩带着弟弟，
也是踉踉跄跄地走着。逃离家园的
途中，哭声压不过枪炮声。

这个冬天，我还要继续走着，
但做不到再次来衢州。
今日此时，从头走一遍这座矮矮的山头，
也难以做到。我用几分钟时间
折回去，看了枫树、松树，抚摸了

水杉——这燃烧的
世界的本体。

2023. 12. 10

额河村之秋

额河已经不能再消瘦了，但仍然
急急奔走，绕着村庄
桦树涌向水边，辨认前世的岁月金黄
黑加仑悄悄酝酿浓稠的琼浆
姑娘双手抚着胸口，微微低头
穿过斜阳中的柳林——
围巾的颜色很深，好像压在山头的云层

如果你将在这里老去，我还能
有什么选择？除了在你身边，直到
白雪满头、滴水成冰

我到底中了什么魔法？我不会
告诉梦中造访的流星
此刻，谁想了解我的前世今生，就去看看
那条奔走的河流
——穿过柳林。叶片飞过炊烟
晚风扬起马背上的鬃毛

2023. 9. 20

阿勒泰印象

向高处延伸的砂石路上，盘旋着我们的旅行车
还行走着一大群牛羊
——牧民骑着摩托车，不时发出吆喝声
几束天光在三号矿井里移动，亮光
并不投在我们和牛羊所走的这条路上

那是可可托海的九月，还没有人
为流水和桦树林抹上饱满又明亮的油彩
我们的车子无法加速——即使连续按响喇叭
牛羊照样踏着牛羊的步子
摇晃着牛羊的身体，走自己的路

行旅中的那些日子，我把那群牛羊的状态
理解为：慢悠悠
当我从北疆归来，当我回想高山矿区
回想额河村民和小镇上的生活
回想遥远的阿勒泰，我对牛羊们的认识
已经换了一个词：
安详

2023. 9. 19

初冬有忆

雪孩子坐在人行道边的矮墙上
一个，又一个。他们当中，也坐着或站着
好几个雪老头

这些小家伙、老家伙，大多数是情侣们堆成的
有的是年轻妈妈陪孩子捏成的
其中的一个，出自一位研究生之手
——他喜欢看画展，他拿十七份简历敲门
都没有听见回声

那是景山东街：黑沉沉的枝杈顶着白皑皑的积雪
上山赏雪的人们摩肩接踵
抚摸雪人的那一瞬间，我触到了入夜前的
寒冷的电流

2022. 10. 6

湟水北岸

两次途经平安镇
两次在高速行驶的车上远望白马寺

那分别是一个上午、一个黄昏
车子很快开过去，云朵很快飞过去
天色很快晴起来又暗下去

我在与不在，湟水河都在那里悄悄行走
丹霞山也在那里稳稳静坐
星子注视与不注视，那寺庙、那树林
那广阔而高低不平的土地，都闪着
自己的光

2022. 8. 25

坎布拉

山路转弯又爬行，爬行又转弯
正午随车子抵达丹霞山间的第一座观景台

群山威严。湖水沉静
我在那里眺望，在那里回想——
阳光从青稞地里认出一派浅褐的坎布拉
村民正在收割的坎布拉
旅行车、农用车同行的坎布拉
新种和原生的树木都在轻声诵经的坎布拉
经幡飞扬五彩的坎布拉

当车子行至群山之巅
我在那里遇见：孤鹰独啸、浮云无边
神灵照管碧水丹山的坎布拉

已经好久了，我仍梦见自己——
在青海，小镇夜宿
花儿响起又戛然而止。星月之下
彻夜醒着坎布拉

2022. 8. 20

护城河笔记

河水已变色。路过的人、路过的牛马
都看出了这一切
飞旋的鸽群、整夜未眠的星辰，也知道：
这里不再适合鱼虾、水草存活

那个山东女人很失望
很恼怒，她接连砸下去的大石头
只溅起几片水花
在岸边站了一阵子，她转身走了
她没找到更多、更大的石头
那个云南男子也转身走了，他说水太脏了
犯不着再往河里扔石头

谁都没错，是微风错了。微风
拂起河面的腐臭气
进城出城的人们都在加快步子
谁想过下河去清淤？谁愿意撸起袖子
彻底治理，把活水引进去

夜晚。家家户户的窗口都亮着暖暖的灯光
古柳来来去去地甩着枝条
白杨把叶片扬得沙沙响
黎明前，惊雷连连，像振聋发聩的训斥
又像绝望的哀号
大雨倾盆，直到东方泛白

如同哀悼，那人在河边坐了很久
最后，他撕碎笔记本
不愿看到烈焰之上的浓烟
这么多年，他一个字、一个字地记录
使他夜不能寐的事物

2022. 8. 7

重大的事

一片山坡接一片山坡地寻去
一座坟头接一座坟头地砍杂树，锄丛草
添新土，插幡子
为字迹模糊的碑刻描上新漆

每年冬至这一日，祖父总会亲自
带族人去扫墓
每一处墓地，都像深海一样
沉寂

隔着几十载的变迁、几千里的风烟
我才清晰地看见以前：祖父步履蹒跚
是人群中年纪最长的人
扫墓结束后，他最末一个离场

走出几步，他又退回去
扶正幡竿子，或者
仅仅是，伸手去抚摸无言无语的碑石
并没有什么重大的事

祖父过世后，年纪最长的伯父
亲自带我们去扫墓
他跟祖父一样：最末一个离场
走出几步，又转身回去

点燃那烧了半截的香烛
拾起空烟包、矿泉水瓶子，或者
仅仅是，伸手去抚摸无言无语的碑石
并没有什么重大的事

2022. 1. 14–1. 21

武平养蜂人

穿了防蜂衣
米白手套、云灰防护帽也戴上
山岚飘飞，却已是越来越稀薄
林间晨光也散了
正是取蜜的好时机
大早出门，她像吸足能量一样，恢复了饱满神气
隐隐散发着活力——她已年过四十
返乡六七年，不再是南方车间里运转的部件：
日夜磨损，磨损，磨损

苍茫林地属于她
她种药，养鸡，养蜜蜂
称心如意，是女王，干枯数年的发丝
闪着光

嗡嗡嘤嘤。她从养蜂场里听出
难以言说的丰盈
她从蜜香里呼吸时光的甜意
看，她双手提取巢框，缓缓举起：
巢脾对着光。光线
透过蜂蜡，从密布的巢房里认识
人间金黄的甜；从她滋润的笑容里理解
东方女子柔软的美

她的背后，梁野山——

绿得那么浓稠、那么深沉的巨大财宝
高高凸起，连连绵绵，接着闽西大地之上的
漫漫云天

2021. 10. 28

访宾四先生旧居

已是夏末。日光强盛
云影铺在牌坊下，陈在北仓河面上

石桥码头横着。白墙黑瓦仍是旧时颜色
撩动小荷花叶的微风尚存去日情意
我只能从册页间翻开桃花流水
奔赴烟雨之约

若是在此留宿歇息，我也将认识
明月庙堂。当星辉荡漾在流水上
我在石板路上来回，在水桥边张望又祈祷
想见着这样的传灯人：青衫飘飘

已是桃熟梅落时节。绿叶反射白日光
游人渐去。我转身回来
轻轻落脚于厅堂院落之间
轻轻抚摸门外那一面——砂石剥落的
青砖墙

2021. 7. 27

风中

白杨在叫，梧桐在叫，槐树也在叫
这是我生活了三年的北方
我认识和不认识的树木都在叫。在风中
他们个个都有话要讲

隔着五千里的山水，海岛上的榕树在叫
凤凰树在叫，木麻黄也在叫
我在那里或者不在那里，他们照样
骚动，不愿意沉默如脚下的土地

坐在列车窗前，或者
站在燕山脚下，我都看到青草在奔跑
听见各种树木又叫又喊
他们多么爱自己，多么怕损失

风来得越大，我耳朵里的国度
就越嘈杂
我听不清他们当中的谁谁谁在讲话
群星也肯定听不清他们当中的谁谁谁在讲话

难道，他们当中的谁谁谁
听得清对方在讲什么

2020. 12. 28—2021. 2. 14

书坊小记

长新如星空，苍老
却不及一片枯叶
——七百多年的胡同街区，藏起
日月都看不穿的谜底，却给读书人敞开
与骨子里的清净相匹配的
这个去处：
天光明亮，古木不知岁数
再来一缕茶香、一声喜鹊的鸣叫，就会
撑爆我这又冷又暖的欣喜

阳光中，屋顶上，黝黑枝条轻轻撩动
风的小心思——已是大寒之日
沿着那些纷繁又细小的路子，一些事物
早已逃离；一些事物
正秘密归来

2019. 1. 20—1. 22

空气的回答——致儿时玩伴

雾还没散去。山坡在潮声中起伏
草地闪着盈盈露水
牛儿还不愿低头吃草。我们故意
把花花绿绿的蚱蜢赶得——
跳的跳，飞的飞

那是一片小小的战场
离大海不远。我们是小小的勇士
竹条、树枝，是我们扫荡四方的武器
那些小家伙惧怕我们，我们追得气喘吁吁
他们也逃得气喘吁吁

我们有宿敌，我们怕蛇
怕蛇要了我们的小命
如今，我们长大了，是一群老家伙
一个同伴死于癌症，长眠
在草坡上，在不止不息的潮声中
我们长大了，敢于追杀任何一条蛇
那里，已找不到任何一条蛇

世界变了，我们也变了
我们没有对手，随便抓取的
都是尖锐武器
没有对手。我们挥动竹条或树枝
空气便做出回答：

嗖——，嗖——

2019. 1. 18

平原上的黄昏

突然，雁群呼啦啦地拍打翅膀
直趋南方。流水的记忆里
浮现去国者的身影
——在河畔，在离去之前
他们绕了大半圈

斜阳中的园子：空了
静得令人发慌
喜鹊、乌鸦，难觅踪迹
是不是，不知所起的风暴
即将来临

园子之外，柳树、栎树、桦树、杨树
如此贫穷：叶子掉光
上无片瓦，哪里都去不了
榉树、朴树、椴树、栾树、槐树、枫树
如此无助：人人自危，不可自拔
哪里都去不了
七叶树、白果树、合欢树、悬铃木
勉强度日，都在那里
等着

暮色四起
寒风一遍又一遍地搜刮
麻雀饿死。落日砸向平原尽头的

群山，溅起满天星斗
那星斗，那河汉，那遥远的光明和温暖
属于过去和未来的人们
这你知道，我知道

2019. 1. 10—1. 15

台风之忆

从海上卷向小岛，从小岛扫去大陆
那野兽，又还魂了
正是水稻成熟的季节。夜里
细听风雨大作，次日察看断枝、落叶
残花，铺开流芳路的清晨
霞光指给我辨认，满地都是这样的人：
受难，却不甘心

2018. 6. 12—8. 22

临高五月

万物成熟的轮子加速转动。水稻
刹不住自己的车：十里平畴滚出临高之光
凤凰花一路怒放
文澜江畔盛开临高之光
古银瀑布渐入枯水期，却仍然
飞溅临高之光
浪琴湾神情平静
宛如渔家新娘散发临高之光
透滩村的古牌坊比去年老了一些
但依旧辐射临高之光
这时节，我还听到哩哩美调声中飞扬临高之光
木偶戏唱腔里激荡临高之光
我承认我是幸福的
我沐浴过如此之多的缤纷光彩
我在这里遇见了海岛之光、世界之光
我感到很幸福，而我的运气
比临高人差一些
比红土地上的草木差一些。在这里
我只逗留了三个日夜
他们拥有一生，漫长又舒缓

2018. 5. 25

草坡

1

在高处，石块发出声音
风吹起来，鸟叫起来
灌木像灌木那样深摇浅摆
草坡像草坡那样现身：新鲜而又陈旧
在高处，石块默不作声
草木全都僵住了，就像中了谁的
魔法

2

一棵不落，一个不少——
青草集体回到月光中
草坡恍然发现自身：格外明亮
格外接近闪闪天堂

3

少年追野兔，追鹧鸪，追夕阳
追进夜幕的另一边
前半夜，雷声带来雨点
后半夜，风在漫游，惊醒草叶上沉睡的
一万颗星星

4

我在凌晨醒来。大海
在心里激荡，从音乐中伸出诗歌之手
撩拨未眠人的心弦
我摸黑走到草坡上等日出——
天亮了，云层仍然沉重如群山
如历历往事
我看到了我不愿看到的远方。我走下草坡
踢树叶，丢石子
野花笑意盈盈，瞬间
开放成眼前暖意融融的一大片

5

在一片野花面前
我停住
在一堆褐色碎石旁边
我再次停住
我注视，凝思，微笑致意
我花了一些时间
——不为获取，只为偿还
我的努力，是细线穿过针眼
不是江河入海，不是群星飞回大地
我要自己只字不提，却把细枝末节写进

长长短短的诗句

6

第二年，我又出现在那片草坡上
剪了披肩长发
走过的小径已经分岔
斜坡没有更斜，只是不遇细雨
不闻鹧鸪
在那里，我代替一个人
那些草代替另一些草。我们不是归来
是初到，是似曾相识
需要重新认识对方，为对方
痛哭一场

7

如何认识这草坡？如何理解
这辽阔又荒芜的故国
我放下背包，蹲下去，趴下去
把整个身体埋进草丛中，像一只野兔
一只蚱蜢、一粒细沙
从一滴露水到一面水泊，从一片枯叶的脉络
到一棵老树的根系，查找
一首歌的血缘、一个词的族谱
我要重来，重生，把家搬到这里

在时间的风飞花中追寻
迷途，耗尽一切

8

晨光来得很及时，还能看见
草地被夜雨洗刷的痕迹
我为了一件事而急忙行走
踩碎了一地花草
蚱蜢、彩蝶纷纷为我让路——那些天
这些年，我为谁让过路
我为谁低过头？我重新买纸，买笔
写日记，写下羞愧的
水波：起伏不止

9

从浅水边飞到芳草地，蝴蝶扇动
薄薄的翅膀
蝴蝶太轻了。蝴蝶可以自认是
一个有追求的家伙。我可以怀疑——
他错把逃避当作追求了

10

不知风从哪里吹来

不知哪棵野花最先跑开——
他们跑向我，跑过我，跑到我看不清的远处
他们在奔跑
另一个我也在奔跑，碰到了
正在打盹的花草

11

从这里经过，我们看见对方
上午看见我们都很匆忙
我们是同乡，没有世代仇怨

我很快就要走到水边，你很快就要走到岔路口
请互相打招呼，请用我们的方言
我们是同乡，没有世代仇怨

12

大伯埋在这里，二伯也在这里安息
年轻时，他们用石头砖块
砌墙，建筑房屋，隔开彼此
现在，月光日影填补他们之间
几百米距离的沟壑
青草带领沙土，把他们连结成浮云下的
整体——风吹不动
雨也冲不垮

13

想起晨光放牧的牛羊
想起童年的玩伴、黎明的星辰
秋天的落叶
我的悲伤，突然汹涌起来
——很多事物，很多事物啊
悄无声息地散去，像逃课的孩子
从教室的后门消失

14

多年以后，我再次回到那片草坡上
想追随白云跑过山顶
膝盖受过伤，不肯听从我的心
列车在远处飞驰
我从一片野花附近经过
向着水边，经过脖子细长的苦楝树
斜阳从侧面看我，从正面看我
看我沉默无语

2018. 5. 25—2023. 8. 1

临高角观海

无时无刻不在暗自发力的，推波助澜的
是两头猛兽：占据险境的核心
一个驱使波浪从西边扑过来，一个
命令波浪从东面顶回去
他们互相拍打，翻滚，泡沫飞溅
喧响不止。海面浑浊一片
云天又高又远
我坐下来观察，谛听，思想
以马尾松的枝叶遮挡热带强光。身边无人
对岸是大陆

2017. 10. 15

过鲁甸

苍山峡谷。苍山峡谷列在道路两旁
云天下，那是谁和谁的房子
火柴包似的搁在半山腰
那是谁和谁在山间劳作，跋涉
肩背竹篓，手拿砍刀
那是谁和谁耗尽一生，渡得过峡谷
却走不出苍山，飞不上苍天

问题太多，让人心安的
答案，又有几个
我一路沉默，注意到

午后阳光照射老司机手背上的土坡
也想到诗人眼中的江河
想到在昭通等我的兄弟脸上高原的红褐色
我感到什么事物揪住我的心
死死揪住我的心，像树根、草须
揪住悬崖上的岩石

2017.8.9

注：2014年8月3日，昭通市鲁甸县发生6.5级地震，截至2014年8月8日，地震共造成617人死亡。

老城郊外

风吹着，一阵蛮横粗野
一阵有心无力
桉树招摇，木麻黄也招摇，发出声响
回应风在她们身上所做的一切
雀鸟叽叽喳喳，即使白道
干掉黑道，这个小社会的吵闹
也不知停消
火山石占据路的左边，也没放过路的右边
一堆堆、一群群，怎么看
个个都是面目冷峻、心肠如铁
有名或无名的野花，一小撮
一小撮地聚着，跟树木、石头
保持距离
习惯于安静
喜欢用颜色来表达立场和态度
而不是用声音
朋友啊，这是老城郊外
海岛西北角，即使大雨倾盆
一棵草、一只蚂蚁，各人仍有各人的事情
谁注意你今天失魂落魄的样子
谁在乎你失去什么
想挽回什么？忍忍吧。天黑
是一眨眼的事情

2017. 1. 25

老城江畔致苏轼

海北杳杳。海南秋风乍起
桉树林多么欢欣
我多么孤独，但我不能说，我的孤独
比沧海还要无际无边
我也不能说，我的痛苦跟沧海是一样的
我不能，躯体发疯成枯藤
或青烟，也不能
我只能说，在你渡海归去千年后的
这个年头：迈岭无存、澄江浑浊、文庙残破
无处可寻通潮阁
人们拼命赚钱，赚钱拼命，仓仓皇皇
如同暴雨即将来临，众蚁逃难
彼此踩踏，手托牙咬各种各样的物品
我已成为一块剩余的城砖
却不知为何仍在忍受
忍受寒风吹着粗糙的皮肤
吹着火山红土上的那片桉树林
孤独、痛苦，大海可以翻滚又咆哮
感到累了，可以枕着
长长的海岸线入眠
我只有独坐陋室，伴着一堆
旧书黄卷

2017. 1. 22

过金花村

青石古巷的老命，断送于机械打磨的石板
走哪一条路，我们都到达不了
丘濬海瑞住过的火山石屋
——倒塌的已经倒塌，被拆除的继续被拆除

不见水塘草地，不闻朱橘金花
我们走远了，满村怪物还在那里噬食钢筋水泥：
生锈的继续生锈
剥落的，仍将剥落

狭长的巷道里，我们只逗留一次
那里尚存一棵开花的老树：
白花如聚，聚成一幕孤悬的银河
我们把肺腑当作宽大的袋子，吸满群星的气息

2016. 4. 24

注：丘濬，明代府城金花村人，景泰五年进士，授翰林院编修，累官至礼部右侍郎，加太子太保，兼文渊阁大学士。曾赋诗《下田村》介绍自己的家乡：有人问我家居处，朱橘金花满下田。

雅宾

这里曾是枫树林中的一片空地
开阔又幽静
黎人兄弟叫它：
雅宾，雅宾

那年我从这里走过。十二月初了
依然绿草幽幽。三角枫
稀稀疏疏地别在细枝上，让风吹
让海岛天空开阔她那纯净无比的蓝

今天，我在这里住下
客房的位置，曾是牛儿慢慢吃草的地方
草尖托起盈盈露水的地方
长裙飘卷晨光的地方

那个清早
几片红叶睡在石板上：
露水未干，枕着明代读书人的诗行
又度过一个寒冷的夜晚

2016.1.10

把手伸进海水里

从礁石群上走下来，把手伸进荡漾的海水里
才摸到南海的心跳和体温

越南的妇女、菲律宾的孩子
马来西亚的渔民，把手伸进荡漾的海水里
也会有相似的感觉。正如恒河两岸
身披灰袍的僧侣、大象，把脚踏进浑黄的流水里
才知晓，世上消逝的事物曾经
亲近每一颗心灵

正当我这样想着，一群飞鱼
纷纷跃出水面。远处的海鸟慢慢巡行
伴着浪涛中慢慢赶路的船只
晨光橘黄，照着我手心里的海水，也照着
海上的每一朵浪花

2015. 6. 14

南海阅读者

风，一直翻阅南海这部浩瀚之书
蓝色页面翻过千遍万遍
风看见许多名词以浪花、云帆、落日、明月的
形象，一一出场
看见鳞光闪闪的动词，跃出书卷
带着水花，飞入空无之境
风感到一些情节的推进
起伏，像船只出没在波浪里
雨知道，云也知道——风是一个耐心的
阅读者，而他读得过于宽泛
不够深入

透过涌动又苍茫的语言表面，阳光
看见一些句子扭动腰肢
随波逐流，像极了海草或绿藻
一些词语以牡蛎、鲍鱼和海胆的面貌，出现在
段落的礁盘上：
不动声色，沉静如谜
太阳有穿透力强劲的欣赏目光，而他
难以洞察七十米以下的细节
难以见识更深处的秘密

风、太阳，都是南海伟大的阅读者
海南渔民如此不同，他们在更路簿上记录
各个篇章的岛屿和暗礁

他们探入语言之底，找到不同语境里的
砗磲、古船、瓷器。他们
在海捞瓷的壶嘴碗口倾听过往年代的回声
在华光礁上遥望
辨认先人下西洋的无畏之途
耕海牧渔，建造神庙——
先人的尸骨丰富并加重这部书
悠远的故事在世间传说，带着风的气息
阳光的情意

2015. 6. 1

海南

——仿辛波斯卡《越南》

兄弟，蚱蜢、青蛙都去哪了——死光了
田窟里还有泥鳅、螃蟹和水蛇吗——早没了
怎么丢这么多包装袋在水沟旁——水稻要除草
瓜果要催花膨大，你一个我一个
就丢成这样了
那一群群的麻雀呢——不知道
稻草人呢——不需要了
水牛呢——没草吃，卖了
山坡上的鹧鸪呢——还问什么鹧鸪
田野能不能只见阳光而不要这灰蒙蒙的烟霾
——你问我，我去问谁

2014. 10. 17

哀歌——在胡志红、程明蓉、谢红军坟前

四十多年了，你们依然青春，年龄最小的
只有十八。从 1970 年开始
你们的母亲集体衰老，像货车
忽然拐上另一条道路，但她们仍然记得

来这里找你们的那年夏天：
洪流滚滚，滚出荒山莽林
雨水飘洒，洒在橡胶树叶上
也落进她们眼睛里。她们号啕痛哭

晕眩，摔倒。她们无法把你们找回来
一起回到大海那边的城乡
无法偿还你们——读大学的机会
谈恋爱的好时光

你们化成流水，也许还能看见：
一位母亲颤颤巍巍地走向河边，捧起凉水
喝下去！她不要任何人搀扶
她伫立着，面朝河水远去的方向

四十多年了，你们守护过的水坝仍在
发电站用了两年，即遭
废弃：钢筋生锈，水泥剥落
高台上的青藓，掩盖幽暗又潮湿的往昔

2013. 12. 5—2017. 7. 13

注：1970 年 6 月，连日大雨致使南淡河暴发洪水。广州知青胡志红、程明蓉、谢红军为保护东岭农场拦河大坝，不幸被洪水夺去年轻的生命。

别西安

明天，我将返回海南
这里不会因此少了一块城砖
或多出一片月色
华清池也不会寒冰暗结。汉长安城下的河水
依然悄悄流淌
回民街上的人潮照样汹涌澎湃
羊肉泡馍仍然羊肉泡馍
狗头枣还将狗头枣
人们吃喝拉撒。草木衰微又衰微
却顶着三两红花绿萼
顶着满街烟尘
多年以后，我将回来
回来看浐灞柳绿、格桑花开
看大明宫遗址、秦始皇兵马俑
我将怀想目送我乘车离开钟楼的朋友
想未央路边的月季，想初秋了
她们还在衰败中开着。想七级浮屠
耸立城南
大慈恩寺不复清静
玄奘无语。烟尘满天

2013. 10. 7

荒草里的家园

日出俄贤岭。我们点火烧饭
闻犬吠，听鸡鸣
一村炊烟飘出茅草屋，飘过高高的椰子树

月照大广坝。我们在灯下
文身，织锦衣
在山风微微吹拂的窗前，玩银饰
枕花叶，幽幽入眠

去日回不来了，今年的稻谷又在鸟鸣里成熟
曼陀罗又在古榕下开着
而我们的乡村
空了，船形的茅草屋塌了一间
又一间

夜雨淋着芭蕉，淋着芒果
闪电代替远去的祖先，回来照看
荒草里的家园

2013.5.14

注：

1. 俄贤岭和大广坝，皆为海南东方市地名。

2. 船形茅草屋，是海南黎族人民的传统建筑。前两年，东方市江边乡白查、俄查、那文村民先后搬出船形屋，住进砖瓦房，原先的黎村逐渐变得空无人烟。无人照管的茅草房，经不起虫鼠侵袭和风雨摧折。白查村已经破败不堪，俄查村的房屋虽很集中，且有一定规模，却也处在不可避免的衰落与荒寂中。

黄猄

天天如此：
踩着夜色里的枝叶、晨光中的露水
低头觅食，但竖起耳朵
细听草动风吹

常常是这样：
飞身跃过深涧，扑进密林
心惊肉跳，气喘吁吁
只因猎犬一阵吠叫，只因树叶
几声掉落

不能白日放歌，唯有暗夜出没
活得比狮子还孤单，比星座还惧怕
一世清寒

没有用，一切都没有用
水云天仍在，岛屿没有漂移
我们已亡命天涯，在你们的一九八〇年代

2013. 2. 27—2020. 3. 25

在当涂

李白去了。公元 762 年远了
那些年的逝水不复重来，那几夜的鸟鸣
难再倾听

采石矶尚在。秋叶斑斓
石径还像去日那样倾斜而曲折

三台阁上，我倚着斜阳里的栏杆
晚风吹着万里长江，吹着两岸烟尘弥漫的工地
翠螺山越来越空，枯草树叶
沙沙响

2012. 11. 1

哪怕是对一个外乡的卖货郎，我也想说
这是我的家乡
这里有我的父母、我的玩伴
童年时光飞在凤凰树上

满院鸡鸭吵醒的早晨，推开柴门
便可遇见秋天弥漫的雾气
遇见微风中行走的椰子、槟榔、小叶桉：
一群勤快的儿女

视野蒙眬。刚刚喂饱的猪儿
一只，又一只
慢悠悠地晃过林间小道
去向水库边的青草地

从村口开始，牛群涌向东坡
涌向朝阳下的乐园。椰林小路上
挑粪的、扛犁的、拎饭的，纷纷出工
鸟儿领着人们的欢声笑语飞翔

晨风吹着稻穗，吹着橡胶林
也吹着孩子的红领巾
听吧！邻家的孩子们在互相召唤——
上学去啰！一起上学去

出了校门，就不必担心小人书会被没收
我们爱打仗，就在草垛和草垛之间开辟战场
我们爱看电影，就草草扒完晚饭
奔向那露天电影院

没钱买电影票。哪怕是爬墙
爬树，我们也要溜进去
在那里，可以买甘蔗、姜糖、花生饼
可以呼呼大睡到电影散场

吃着东家的红薯、西家的椰子饭
我慢慢走出儿时的天堂
那个秋天，苦楝叶回到树下
我回到久别的地方

幼年的电影院：围墙坍塌
石凳沉没在杂草丛中
校园里的三棵凤凰树，已被挖掘机挖走
三个老人的故居已被风雨抹去

村子里，不见古树
不见古祠堂
逢年过节，村民总是关起自家的大门
祈祷祝愿，燃烛烧香

没有人下棋，没有人说书

只有人没日没夜地搓麻将
算彩票，在一夜暴富的幻想中消磨
每一日，耗尽每一年

听不到早读声，听不到
老者语重心长的训诫
只有这样的私语：某某出国了
某某升官了，某某又发了大财

不见墙头鲜花，不见水边少女
唯有老妇翻日历，剥花生：两眼茫茫
公鸡长长地打鸣，打空了那门巷
那云烟下的，我的故乡

2008.10.26—2021.6.21

外溪

天亮了
茅草屋檐滴着雨
南淡河上的烟水迷迷茫茫
宽大的竹圈里，几十只母鸭嘎嘎叫喊
夜雨还没有离开，它们正忙着
清洗一堆堆白鸭蛋、青鸭蛋
忙着为草地换上新衣裳
那是我七岁或八岁时的事情。此番归来
我鬓角斑白，连一根鸭毛
都已找不着

2008.10.6，2008.11.29，2021.1.4

辑二

那个声音多么熟悉：来，我帮你

兄弟

他砸过你的玻璃珠子
弄脏你的白衬衣——许多年已过去
你想不起那些事实。想不起
他撞坏你爱车的右灯还是左灯
想不起他说他这样那样困难，借过你多少钱
还过你多少钱。想不起
窗外黄叶飘摇，你手术后躺在白色床单上
打电话对他说了些什么。想不起
他最终为何没有来看你
想不起泪水涌动得像大海
还是小溪

从小到大，你实在是一个容易忘事的人
你就这样度过今世今生
你始终记得：他是你的亲兄弟
你们有共同的父母
共同的故乡、共同的祖国
如今，北半球下着雪。你的头发白了
你想他也老了。为了听清千里之外
那个熟悉的声音
你穿过雪地，握紧手机
走到落日下的山顶

2023. 3. 3

猎虎记

崎岖道路穿过阴风骤起的深林
远村在望，却仍需一步步地跋山涉水
当我把左手的拄杖换到右手上，耳边突然响起
一阵惊叫：虎！老虎

快啊——打它！杀死它
快杀死它

老虎从何而来？为何
冲我们而来？惊恐的飞沙走石
充斥我的头脑。我难以辨别，难以思考
也难以呼吸

很多年已过去，我仍记得身旁有人高喊——
打它！杀死它！快杀死它
我几次从梦中惊醒。人们喊出打杀声时
暴露的面目，比老虎吃人时还要凶狠

2022. 11. 23

肖斯塔科维奇

最后的时日已经来临。眼瞳里的山河
浮现夕光中的灰暗神色

我这一生，没有获得真正的快乐
手中的奖状、鲜花和勋章
身上的芳香、硕果和光芒，其实是
沿着我的脊梁隆隆碾压过来的
一辆辆坦克

我这一生，没有获得真正的快乐
我已成为巨大的谎言，成为这个时代的
黑夜的一部分。孩子们因我
看不清满天星辰

我的煎熬，不在于双肩寒冷、呼吸困难
而在于直到这样的时日，才有
勇气，哼了一声

2022. 8. 9

注：德米特里·德米特里耶维奇·肖斯塔科维奇，1906 年生于圣彼得堡，是 20 世纪世界著名作曲家之一。

战后

他并非失踪。他回来了：孤身一人
灰衣黑裤，提着离家时匆忙拎走的红藤箱
微微磨痕蒙在两块圆形镜片上

兄弟四人，老大死于岛上与日寇的决战中
老三跟着鬼子跑，死在重庆还是南京？无人知晓
老四年幼。三个寡妇
撑着破碎的家

他读过几本书
听闻敌人打到广州就连夜出逃
七年后，战事平息。他回来了：胡须灰白
常在古榕下讲南洋往事——
一把眼泪一把鼻涕，像雨淋的狗尾草

不是农忙时节，也无人懒在村里拍苍蝇
他没闲着，爱养猫，养一只会翻灰眼珠的白猫
初二十六，爱去镇上逛集市
点一杯咖啡，在长廊里，坐到老天
脸色发黑

2021. 11. 10

运粮人

划船去买粮运粮。他今天所做的
是去年做过的事
他去年所做的是前年做过的事
全族老少都看着他，等着他
拿命去换吃的——这活有他的份，他能推给谁
谁的命不是命

黑门峡卷着深蓝色的漩涡
他前年侥幸逃过一劫。今天骤然起风
雨意从山顶压下，气流呼呼响
此时，他从码头往家里背粮包
一包比一包重。他想：那时就差电闪雷鸣了
那时就差命丧深渊了

买粮运粮，没有谁跟他并肩出发
没有谁跟他风雨归来
往家里背粮，也不见帮手
各人有各人的事，各人有各人的心思
谁都不是闲人——往背上堆粮包时，他告诉自己
死死拽着袋角时，他又告诉自己

土墩上，他在喘气。天这么快就黑了
还剩下两包，还要来回走四趟，他很清楚
再难的事也有结束的时候，他也清楚
丢掉烟蒂，他朝码头走去

夜色中爆出哭声——他想起去世多年的母亲
那个声音多么熟悉：来，我帮你

2021. 3. 6

父亲

青山在前，烟波在后
方圆数十里，几人像他年轻时那样
跨海而上，走南闯北
几人像他那样两手空空，却勇往直前
勇往直前，仍两手空空

那年，弟妹上小学，我上初中
妈妈挑地瓜，挑花生，挑完五月的稻谷
又接着挑十月的稻谷
他把自己扯回来，就像扯回
一头强壮的水牯

多年后，河岸上的几棵老树
把我的目光紧紧吸住
我注意到：一头水牯在近旁吃草
另一头在远处耕作。把头低下去的事物
沉默寡言的事物，内部
都活着我父亲那样的男人
春风再起时，空中传来老鹰的长鸣
他们会忽然愣住
夜色清朗，他们集体仰望群星
凹陷的眼眶那么分明

2020. 3. 9—6. 2

这个时代的诗人

他们像神一样告诉你：天黑了
车子坠崖了，人快死了，黑暗中袭来了暴风雨
他们不是站在你身边的某个人
不会告诉你：天怎么亮了
人怎么救活了，车子如何重新启动
大地如何变得暖和

2020. 2. 22

七夕

没有男人，我们三个不也这样过来了
——她们并排坐在石条上
有一句没一句地谈心。枝叶在飘摇
长椅在不远处：空着
斜照斜进林荫道里，并没有填补什么

下班的年轻人匆匆赶路。我老了
混迹于赶路人当中，经过法院门口
拐进小巷之前，我回头看去——
她们三人还待在那里。她们看起来还比较年轻
从背后照着她们的橘黄色的光
已经消失

2019. 8. 16

过谭昌村

七个黑衣老人：七块火山石
堆坐一圈，墙边烤火
静默无语。偶尔的音响，是鸡啼
是火堆的低语：噼啪、噼啪

当我踩着落叶离开火山村，天色更加黄昏
烤火老人只剩下其中的六个
明天，后天，海风越吹越寒凉
一起取暖的将是谁跟谁

列车从南港那边开来
朝琼山那边驶去。我听见的
是呼的一声，不是缓慢的咔嚓
咔嚓，咔嚓

2018. 8. 23—9. 12

冬日菜园

那时，早就允许栽树种菜了
祖母带我种完茄子，又种空心菜
我打水给蔬菜们解渴
也让她们洗澡

几十年光阴流走了
菜园还在村子前头的水岸上
不曾责骂过我半句的祖母
被蛇毒蚀掉半截拇指的我的祖母
不在了

我在岸上徘徊，张望
芒草白了头。涟漪扩大又消散
鸟儿飞过水面，喊了两三声

2018. 1. 26

微凉

下班人潮已退尽
你还没收摊，低头摆弄塑料薄膜上的那堆
豇豆、橘子、木瓜和地瓜叶
又淋了清水

你并不年轻，不像我母亲那样
苍老、羸弱
你起早贪黑讨生活
希望路灯下的那堆宝贝看起来顺眼些
希望它们早些卖出去

是晚餐时间，是你收摊回家的时候
你还在摆弄那堆宝贝
淋清水，看电动车从右边开来
从左边开去

但愿你有丈夫，有孩子
他们等你回家晚餐，饭菜放久了
又拿到锅里热一遍
但愿他们都安静：大人没打骂小孩
小孩只是眼眶湿润，只是轻轻说了一声——
爸，我饿了

2017. 7. 28

邻居

小院内。阳台下。五六米外的几棵椰子树
与我为邻，天天相见
我曾在树下点数又大又绿的椰子果
数着，数着，就把自己数进
清晨的鸟鸣里

楼层上下左右的那些住户
当然是我的邻居
我们各出各的门，各回各的家
十天半月见不到彼此
夜里的摔门、哭泣，听不出
张三或李四，如同分不清枝叶间飞蹿的是
麻雀，还是柳莺

昨天跳楼的那个邻居
我认得他，记得他：
左手提苹果，右手按住开门键，等我
把手推车推进电梯去
台风席卷海岛的那个傍晚
我和他避雨，同在南大桥底下

2017.5.12

有寄

站台飘雨。我欲言又止，但还是对你
说：麻烦你了兄弟
你拍拍我的肩膀，说：兄弟
就是用来麻烦的

连夜驱车，你走东部那条海岸公路
我回青年街的出租屋。借着台灯
细看，又掂量你递给我的那个信封
久久出神

那年，芒草飞白，又是入冬时节
我独坐楼顶看落日，夜里起床煮咖啡
给你写信，又向月下水面
撒去信件之烟灰

现如今，我们已多年不见
隔着人世的漫漫风雨
我两眼老花，记忆力减退
你永远年轻，穿着洗得发白的牛仔衣

2016. 4. 28—2020. 12. 5

秋日

晨星困倦。街灯看不清彼此的形影
他又一次从马路上起身
鲜血回到体内，没弄脏路面
头发和西服仍是出门前梳洗过的那般整洁
散落的文件回到提包里
提包回到他左手。他右手接手机
疾步穿行，说：好！好的
我马上到

他本该好好躺在家里，服下
妻子为他准备的药丸
而他疾步穿行，几乎撞上行人
几乎被行人撞上

他想忙完了就带女儿去买毛衣
想回老家看母亲，拭擦祖宗牌位上的蒙尘
甚至想生一场小病，躺在病房里
刷手机，看亲友们为他焦急
还想从收到的花束里寻找
久远的芳香

好！好的，我马上到
他走了很久，却还走在那段路上
抑制不住焦躁，他想狂奔，想吼叫
想炸裂自己，像雷暴那样

当喇叭声响起，他又一次晕眩
摔倒在地……凉风吹他的衣角、他的灰发
吹上早班的人群，吹
半黄不绿的树林

2016. 4. 15—2020. 12. 3

山棯花开时

踩着途中陈旧或崭新的脚印，我们随父亲
外出。他停下来
俯身拉起跟前的几条荆棘
把绊脚刺手的东西，丢进灌木丛去

转弯时，我们惊飞了灰衣白裙的鸟儿
——在那里，紫红花朵连连炸开
当山雨纷纷洒过，红黑圆滚的山棯子
将悄悄成熟

那时，父亲腰身挺直，健步如飞
他总是走在前面，有时招呼我们快点跟上
有时回身拉我们一把
如今，轮到我们扶他出门，又接他回家

2015. 7. 16—2018. 1. 3

芒果季节

今年六月，她就年满三十七了
手脚粗壮，腰身臃肿
童年的清澈眼神、少女时代的苗条身材
已无影无踪

大女儿上了小学，小女儿已学会走路
都无法在摘芒果这件事上，给她帮着什么忙
七千五百多斤芒果整整摘了三天
不足一万元的所得，她拿六千去偿还
肥料农药的赊账
剩下的，拿去修抽水机
给丈夫买胃药，给女儿买新衣
全家的伙食费可以很低，亲戚的人情礼金
却不能不在意

一沓钱很快就会花完
七月怎么过？八月怎么办
她和丈夫都没有答案。两人都同意
拔掉电视插头，早睡早起

第二天，他们再次上山
为芒果除草修枝。好像有人向他们保证：
来年的芒果季节，不用担心
台风和病虫害。不用担心价格低贱得
像一群蝼蚁

2015. 5. 14

陵水角，致一只饿死的小鸭

日影西斜。庭院无人
你摔在沙堆上，用最后的力气挣扎
你再也挺不住了，脚丫渐渐僵住
黄色绒毛被风吹起又落下

大海在山那边翻滚
蓝色巨浪拍在石壁上
同伴在这里嘎嘎叫喊，绕着你
走了一圈又一圈

我多么想，想你醒来吃我们亲手采摘
又咬碎的莲雾
想听见你说你不饿、不孤独
想你脚步轻盈，送我们回归五百里长途

而你，小小的脚丫已僵住
晚风吹你的黄色绒毛
吹薄暮山中我们飘动的身影
吹这荒远的陵水角

2014. 6. 23

辑三

命运为轻盈之人敞开千万条去路

海上山崖

草树密布，遮不住悬崖上豁开的部分
从那里坠落的石块、沙土和灌木，并非彻底消失
——死过一次的人，把新生
或来世，转移到大海的深蓝里，不需要
奖项和关注，也不需要歌颂和保护
从风风雨雨里撤出，干净
利落，像一首叙事性短诗最后那句的
收束

2023. 6. 21

如果灰雀不叫喊

从交叉路口到我寓居的小楼
十多分钟，那只灰雀转身，跳跃，抬头
唧唧叫喊，都在我的脑壳中
当我拾级上楼，洗菜做饭
当我在夜深时合了书本，熄了台灯
灰雀仍然在脑壳中唧唧地叫着

如果灰雀不叫喊，我就不会注意到
他也是一个谋生者：
小个子，小胆子，小小地抬头
小小地跳跃，小小地转身

如果那个家伙不叫喊，我早就忘了：
刚出小楼门口，我就把几只灰雀吓飞了
——他们在枯叶间觅食
我急于上班
他们嘴里的食物被吓丢了
他们眼中闪过的黑暗，亮得像一道光
那是早晨，十二月
处处残雪

2023. 2. 2，2. 6，2. 20

雪夜

夜色，并非伸手不见五指的那种黑
也不是通道被堵死的那种暗
——此刻下着雪，树木和房屋
隐隐约约

是的，我醒了。三点四十七分
壶水尚存余温
我取出纸笔，写了几行文字
我没说整栋楼只有我醒了，没说整个街区
只有我听见天庭来使的动静

水杯、时钟、暖气片，触手可及
它们是否看着我，听着我
窗外的事物，远远近近，我又能
知之多少

2023. 1. 22—1. 30

星途

层云低沉。流水黑蓝。父母弯腰劳作
在对岸的甘蔗林

我挥手叫喊，不停地走动，一会儿坐在树墩上
一会儿抓起土块抛向那波心
——饥饿扑来，千万只爪牙撕扯我
委屈和无助也一样踩踏我
凌虐我

我没疯。我累了
天还阴着，水还在那里
流淌：不紧也不慢

那时，我七岁，或者八岁
还没上小学，跟堂兄堂弟们一般：
时常挨饿又烦躁，时常挨打
被恐吓，却压着号啕哭诉的嗓门

那日，雨意压着山顶
也压着山坳
每个连队工人都在袖子上缠着
黑布条
长长的队伍，慢慢移过屋后的红土路
慢慢消失在河湾那边的拐弯处
其中，是否有人说话

有人痛哭不止？漫长的童年、少年
我迷糊，雪花铺满记忆的屏幕
太多的颜色和气味，都难以记住
至今，仍然清晰的，是生产队分牲口
一头黄牛来到我们家。抓松枝抽它
也没有用——肚皮凹陷、骨架凸起的家伙
拉不动父亲的犁耙
永生难忘的，是我反反复复戏水
反反复复发烧，咳嗽，气喘
反反复复被母亲追赶，被她咬出
手腕上的红血斑

牙齿锋利的母亲，双手温暖的母亲
是生我养我的同一个女人
她让我见识狼撕豹咬，让我嗅到鲜血的气味
也让我体会大地春回、和风轻吹
而那时，我并不明白：为什么我哭她也哭
为什么，她的哭声比我的哭声
更加揪人心肺
她一次次地为我伤心，一次次地
给我一毛两毛钱
我买了盐巴，还能买小人书，躺在
从供销社回家的山坡上
很快，就翻完一本小册子。大把时间
该如何打发？我从周瑜诸葛亮的千里战场
跑去如来孙悟空的云端。睡了大半晌

潮声起伏、鸟群高翔，我似乎
一无所知，却又了如指掌
我起身追蝴蝶，摘野果
很久、很久，才看见一辆卡车从山脚爬过
铁皮盒子慢慢远去之处，几朵浮云
在山顶变法术
那时，精力实在过剩
我曾跟随邻家伙伴去偷西瓜
——一生中最大的羞愧：
坚硬的巨石，我用整夜来啃碎
一一吞吃，却终生难以消化
我不曾打架、逃学、出走，也不曾
砸班主任的玻璃窗——那天
他扬起教鞭抽过来，却停在抽痛我之前
我的老师啊，椰子树那么高、竹子那么瘦的
我的林老师！林老师
是他拉我过水沟，带我去考试
坐缓慢又颠簸的破班车，去看看县城的样子
别人生活的样子

我走了那么多弯路，老师累到扶墙喘气
原本两眼空空的父母，更加
两眼空空
不服气、不死心，我出门跑向北，跑向南
跑向西，跑向东：
哪条路都是星途漫漫

哪个方向，都是大海茫茫

把自己关进书籍的密室
这是一个意外，或者先定
细嗅册页间的气味，吸纳汉字里的
声音和光影，一头难以描述的小兽在心中
醒来，振作腰身
我一点点地移开杂物
一点点地把脚垫高，够着了窗台
从那里，眺望远方的云彩

听见风声，或者看见雨帘，我就
脱掉白衣跑出去，又叫又喊
根本认不清自己
当我来到这样的年纪，小镇面貌
一夜刷新：凤凰花开开落落
小街来回扫着喇叭裤
白鸽自行车、凤凰自行车，一辆又一辆
飞过露天电影院的下午
矮矮的窗口，泛黄的报纸封不住
大白天的录音机，照样蹦出
月光下的迪斯科

没有人从县城给我写信
没有人向我讲述海那边的事情
没有人跟我拍手击掌，说：不到长城非好汉

群峰在那里，雄鹰也在那里
有种，你就追过去
也没有人治愈我的相思病——长发女生
躺在医院里。我在墙外骑车来回
一百次，都不曾进去看她一眼
没有人对我宣读判决：你无情，你无能
怯懦是你的病根
多年后，我领着自己的千山万水
向晨露盈盈的那棵幼芽下跪
向自己的荒野下跪
抹掉星辰，摘下月亮
让黑暗涨潮，让苦涩淹没
长夜紧锁的窗户
是的，更没有人在意我多次悄悄出门
又悄悄地绕回来：有时晴空万里
有时阴雨一身
说不清，是谁安排三个吉他手
月下弹奏，释放我笼牢里的野兽
从鸡鸭臭气满屋的暗处，我走进月光中
感觉不到自身的呼吸和行动
九十九回死生，都无法让我遗忘那夜的
吉他琴音，那满天满地的光辉白银
当我离开那个奇异的暂住处
当我飞扬青春，追随梦的脚步
七八个死党，从县城出发
找到那片小海湾

整夜不睡，在白沙明月的半岛
歌唱，又争吵

苦恼，沉思，独处，我忽然喜欢上了
抄写歌词，抄写报纸上的诗
喜欢坐看落花飞旋、星空变幻
唱起故乡的云，唱起橄榄树
唱起洋装虽然穿在身我心依然是中国心
我的大地就震动不已
心向何方？意归何地？我暗自摸索
登高，望向东，望向西，望向南，望向北
云飘去，燕归来，山海相依
雨林弥散热带的气息，草木呈现大地的情意
父母挑担牵牛，披星戴月
——那就是诗，就是诗
当我写下几行满意的句子，风的手掌
就会把满园荒草摁下去，水面就会把涟漪
一一收起。于是，宁静重归宁静
时间遇见时间。我哭成星球上最小的
一片叶子：抱紧自己

不再想谁是我姐姐，也不问哥哥在哪里
我写啊，写啊
写到祖父在田埂上喂牛之时，他已戒酒数日
七十多岁的人，十八岁开始喝酒
竟拿全部积蓄去换取一头牛

他每天喂牛，打算卖牛供我上大学
他连自己的名字都不会写。他的祖父的祖父
也是终日在泥土里刨食的人
刨到腰骨弯曲，一头栽进土坑里
也无法起身眺望远方
而他，就是他，为我支付新校服的费用
给我三元五元，买纸又买笔
从不间断，让我推开书本里的门窗
察看人事，思想古今

风日晴和，三叔放下手中的工作
亲自送我到机场
看我自己办理登机牌、托运
过安检——额头、后背，渗满汗水
那是一九九四年，八月，我第一次出岛
第一次坐飞机，挥别同桌的你
又拥抱同桌的你
唱完《海阔天空》，又接着
唱《东方之珠》《七子之歌》《我心永恒》
挥舞旗帜，欢呼尖叫——
敲锣打鼓拍桌板，还嫌不痛快
喝山城，灌重啤，把酒瓶砸在广场上
被校警训斥，仍不肯罢休
唱到《相约九八》的那个夏天，唱歌的人
倾听的时间，全都散场
流沙尽失，暴雨不期而至

两个人走到十字路口，全身湿透
此时，半个国家漫浸在洪涝里。生死救援
骨肉同胞，不问你是谁

有没有雨具都要远行，有没有勇气
都要闯入无边无际的荒野
那是水蜜桃的七月，也是苦李子的七月：
把朋友送到江畔，把自己带去机场
把亲爱的人留在过往，挣脱了又拥抱
拥抱了又挣脱
每一次回头，都是泪眼蒙蒙
青峰重重

从此，竹子上的刻字不复再见
南山樱花不复再见，四月草莓不复再见
馥郁芳香中的那个形象也
不复再见。沉疴痼疾居然逐渐痊愈
青霉素夺命的瞬间
成为往事。不再因嗅到陶罐里的五味子
而呕吐不止——这又是一个意外
花不言，星眨眼，无须解释
从此，我身轻如燕扶上雕鞍马不知了吗
我风雨飞纵了吗
哦，不！不！一张账单
就够我终生背负，脱卸无处
从此，大荒苍苍，小径也茫茫

独自远飏，欣喜又惊慌

2020. 7. 13—7. 15

黑夜复白天，他旋转又旋转
筑起漫长的海岸线，拦住澎湃的巨浪
心中的火山也终于被摁住了
而那个黑暗的喷发口，持续冒着烟

2022. 2. 1

暮光没看错

雀鸟起落，身影轻而又薄
他们在草地上争食，用翅膀拍打彼此
用利爪踢对方，抓对方，不时发出刺耳的声响

小丘上的那一只
——相距稍远，但仍能辨认：那一只
在梳理羽毛，踱着步子，是他们的同类

暮光没看错。在我行至此地之前
那只雀鸟已飞离路边草地，出现在
小丘之巅

2022. 1. 1

野草莓。野草莓何异于山楂、橄榄或雏菊
对于一个中年人，英格玛·伯格曼
把话说清楚了。我听清楚了
白杨沙沙响

这是昨日凌晨的经历？这是此刻的幻觉

案前默然枯坐。茶水越喝口越干
津液全无，呼吸不畅
铁渣砖块堵在内心的某处
我想说话，想找人说话
泪水夺眶而出

这是昨日凌晨的迷梦？这是此刻的幻觉

暮色满窗。白杨沙沙响
我回答不了自己
同事说今天是微笑日。我没告诉他：
雨点扑向我晦暗的眼睛

2021. 5. 8

从团结湖路到团结湖地铁站

团结湖地铁站并不在团结湖路上
农展馆南路，是我转弯后的必经之途
今天，我走左侧的人行道
右侧的人行道不愁无人奔走
想到梨树、杏树、梅树、樱树
海棠树，即将纷纷开花，我感到自己的花苞
微微肿胀，轻轻绽开
我感到泪水涌上眼眶——
羞涩回来了，回来找我。我几乎嗅到
内心的芬芳

上早班的年轻人形象新鲜，步子轻盈
像嫩叶，在道路枝条上前行
无人注意我激动的表情，无人在意我是否
一边行走一边开花。无人告诉我——
在路的那头，在春日的地铁站
是否有人等我？等我的人
会是谁

今天啊，我有白日江海的喜悦
也有暗夜烛火的忧伤

2021. 3. 14

春风错

春风吹。春风吹黄河
黄河就解冻了；春风吹华北平原上的柳林
柳林就成排成片地飘飞嫩黄的新芽

春风吹故宫墙外的玉兰，吹迎春，吹海棠
吹樱花、杏花、梨花，整个京城
就荡起一座鲜花的海洋

今天，团结湖地铁站旁，春风又一次吹拂我
吹我开裂的嘴唇
吹我内心角落里的枯枝。春风吹啊
信心百倍地吹，像一个不服输的
孩子，以为我真的还能
开出花朵来

2021. 2. 25

十二月十日早班途经农展馆南路

寒风抽干叶片里的水分，又把他们
扫下了枝头：纷纷复纷纷
每根光秃秃的枝丫，每个贫穷之人
都能拉出凄切的琴声

如同去年，凛冽的剥夺正在展开
而满树梅花、杏花、梨花、海棠花
绿光闪闪的槐叶、杨树叶，那些丧失的
礼物，又将由春风带回来

得到，失去，江河流水一般
循环往复，不尽不止
——如此痛苦又幸福的风中游戏
我也愿意尝试

而我是一个人，转眼丧尽爱恨权利的人
死去就不再活来的人
不是途中任何一棵树，就连一根草
都不是

2020. 12. 10

在岸边

冰消雪融。清溪重获天才演奏家的灵感
旧时琴声回到小小的山村

花枝插遍原野。孩子们的纸鸢
慢慢飞升，越飞天越蓝

雨燕归来，穿柳丝，越湖面
过水田。命运为轻盈之人敞开千万条去路

我没有追问，我在岸边寻思：
大地到底做了些什么，才获得如此浩荡的赏赐

2020. 2. 24

穿过马路之前

大暑当前，立秋已近
几朵月季仍在开放：红的、黄的、绿的
谈不上饱满、丰润，不适合形容为：
灿烂，或者光彩照人

那样的存在，是一种死撑
一种病态

三十年前，我早就衰老了
三年前，我来到这座城市，离家五千里
反反复复穿过此处：农展馆南路
混迹于年轻人当中，从地铁口涌出来，穿过
纷纷雪飘的清晨、沙沙叶落的午后

这样的存在，是一种死撑
一种病态

此刻，我停住脚步，在滚滚车流的岸上
在整片月季的近旁
我看了她们一眼，在穿过马路之前
她们，也看了我一眼

2020. 7. 21

没看见，也要相信

从去年秋天开始
我没看见父母常常在海岛上眺望北方，也要相信
父母常常在海岛上眺望北方

我路过灯光璀璨的大街
没看见地铁在地下奔走，也要相信
地铁就在地下奔走

我走进黄昏小巷，左手提米袋，右手提矿泉水
没看见白发在耳边生长，也要相信
白发正在耳边生长

我一边看着上班途中的前路，一边回想南方往事
没看见自己又老了一点，也要相信
自己又老了一点

繁花爆发，柳条梳理雨后清晨的微风
我骑车疾驰，没看见自己的命运发生变化
也要相信自己的命运已经变化

我变成一个新人
苍老的新人，在北方，在这个春天
离家五千里

2019. 4. 26

春天，是用来炼胆的

春天，是用来炼胆的
谁错过风中的表白，就会熬到
落叶纷纷、雨雪霏霏
谁躲在窗帘后面，就会用泪水
去湿润枯萎的容颜
谁在最后一分钟反悔，拽住
黑色栏杆，死也不肯登船
就将用心头整座大海的澎湃，去激荡
命运的堤岸
这道神谕，深巷玉兰也知晓
看，羞涩的人儿已把花苞举过墙头
因满怀期待而小心翼翼
不等风吹，也颤动不已
甚至噙着泪滴

2019. 3. 1—12. 30

早春

再过一些时日，山上的积雪
将彻底悔过，放开自己
城里的柳条来回晃动一次，春色
就会加深一分。玉兰、海棠、丁香、梨花
樱花、桃花，也将壮起胆子
砸开爆发力的锁链

再过几天，落叶转世
新芽将回归阳光下的枝丫
微风将把灰色街道刷出明亮的浅绿色
大地回暖的消息终将被确认

想到远方的列车正在冲刺群山和河谷
从细雨中的站台到另一个站台
我用力踩动脚踏板，骑车经过三环北路
凉风扑面。鸽子呼啦啦地
从身体里飞出

2019. 2. 28—2023. 1. 10

松果

作为贮存阳光、雨水和鸟鸣的
一个小小的仓库，作为
一朵花的回忆，我生活在风雨枝头：
烈日曝晒，黑暗侵蚀
没有谁的温暖和甜意让我皮肤湿润、面容慈祥
没有谁的思想和拥抱，让我
惊涛拍岸、星光璀璨
沙子那么小的幸福也是我认领的幸福
星球那么大的痛苦侵占不了
我生命的全部
是下雪的时候了，是上帝忽然明白
该放弃些什么的时候了
我打开所有的箱包和抽屉
当私藏的一切，捧起来就会令双手颤抖的一切
归还大地。当我真正成为一个空壳之人
轻松找到我，带我朝梦的外部
跳伞

2019. 1. 22

我为何

砰的一声摔门而出，你一脸铁青
问我为何不陪你买水晶珠链
我又失业了，在路边长椅上坐了整个下午
你没问我最近过得怎么样

急得快要哭了啊，你问我
为何不给你买新玩具
上个月的房租尚未支付，你没问我
挣钱是不是很艰苦

已经不耐烦了
你问我为何不给你写评论
办公室里文件堆积如山，纸巾上咳出我的血
你没问我年底快到了忙不忙

早就不愿联系了，但你还是问我
为何不参加同学会？为何不参加你女儿的婚礼
我躺在四楼病房，风扫去窗外的落叶
你没问我别来是否安然无恙

我为何？我不为何
我此刻睡在雾霾弥漫的平原上
被棺木封闭，被沙土掩埋，被冰冷和黑暗吞噬
灵魂正在消失

我亏欠太多，无力偿还
他年春风再起，我长成青青丛草
从每日黎明开始，向你忏悔，向人世忏悔
叶子上挂着盈盈露水

2018. 10. 24

彗星

谈什么奇迹？带着冰冷的悲伤飞旋吧
悲伤对你又有什么稀奇
把死亡当作梦境①
静静地，飞旋：孤苦是宿命
黑暗有明亮的判决
别揪心，别因委屈而哭干了泪海
——不会有更坏的结局，除了灰飞烟灭
已是初夏，深秋不远，世上的花开都有了结果
飞旋吧，带着彻底的、透明的
悲伤

2018. 6. 22

① 诗句引自博尔赫斯《诗的艺术》。

醒来

一天
书架床脚晒在日光下
我爬起来，床头吸烟：顶着一头荒草
想不出长日空闲应该做什么
镜中人眼里，仍是
黑夜茫茫

另一天，我想到
冬季就能翻开诗集里的烟水和星辰
四月就能遇见你：黑眼圈
干嘴唇，脚下落着海棠花，发上也落着海棠花
——整夜只睡三小时
薄雾中出门，风鼓白衬衫：我飞起来
在人行道的上空
有时比鸽群飞得快一些
有时慢一些

此刻，我病了
想哭一场，为自己、为你
为昨夜安稳入睡、黎明还能醒过来
为壶中存热水、海上升白帆
天空的枝条，结下一颗不大不小的红太阳

2018. 6. 3

腰果

小众。非绝对无政府主义者。不学
小叶桉秀气轻逸
不像木麻黄持重沉稳
一丛丛的，涌起、随意、乱糟糟——
鹧鸪在底下做窝，八哥在枝头栖落
戴胜飞来觅食又倏忽掠过。时日赐予的
不过是几根褪色羽毛。我想起姐姐一脸黯然失色
想起她有些颤抖的风声：
几年不见，你怎么把生活搞得这样乱糟糟
我那时低头无语，我此刻感到一种波浪的纠正
和激励——
随意，乱糟糟，但记得春天夏季
嚣张开花，放肆结果

2018. 2. 28

划火柴

昨日我还是顶着满头青草奔跑的少年
此时已是叶落纷纷水流无声
你知道，我喜欢划火柴，喜欢火柴亮过萤火虫
喜欢火柴温暖除夕夜——
小女孩看见奶奶出现在亮光中
喜欢火柴不锁进妈妈的抽屉，而藏在
我的裤兜
划火柴，划火柴，此刻划出的是
恐慌：如影随形的猛虎
吞噬青草、落叶、石头和月亮
但我仍喜欢惊慌，喜欢奔跑，喜欢
青草一样奔跑，划完整包火柴都找不到的姑娘
水流无声，叶落纷纷。你知道
我装作什么都不喜欢，整个世界都不喜欢
不喜欢好好的火柴、好好的街灯
好好的星辰、好好的日记本：
独自燃烧又灭掉

2017. 7. 29

在这里生活

我在这里生活，地址十多年未变
手机号码还是最初的那个
算得上安静，是朋友眼中略懂种豆角而
不善养蔷薇的家伙
此后，蜂拥蜂的
云起云的。我还守着
满墙书卷，守着山高海深的亏欠
三年、五年，静静地生活，像草木入秋
山河经冬。这是我的选择
也是一颗星星的安排
外面太吵，指示牌太多
向左走？向右走？我该听自己的
听天上事物秘密告诉我的

2017. 7. 22

一个人消磨时光

雨夜归来，经过水洼、水洼、水洼
经过路灯光亮树影暗淡
又经过树影暗淡路灯光亮
街巷潮湿、黑夜漫长，但壶中有热水
咖啡分馨香。一个人消磨时光
不欢畅，却不比太平洋彻夜翻滚还悲伤

2017. 7. 27

芒花白

芒花白，芒花白
从儋州回琼山，一路都不见苏东坡
只有芒花白、芒花白
小时候，我爱撕下一把把芒花
拿一支支芒秆来折手枪
做奔马
如今，我已无心扯芒草
无心撕芒花。斜阳暮光里的每一片芒花
都是那么白，那么白
比我母亲的银发
还要白

2017. 1. 9

黄昏

晚风吹。深巷空荡荡
陛石边的丛草枯黄
又枯黄。你也会寂寞吧黄昏
黄昏，你看庭院牌坊时的目光如此幽暗
你看暮云飞鸟时的神色
弥漫着忧伤。你也会寂寞吧黄昏
让我陪你说说话
直到夜露沾衣，星星在天上
打寒战

2017. 1. 1

傍晚下山

膝部隐隐作痛，额头微微出汗
我停在下山途中
喘气，喝水，听叶飞风吹

我把手伸出去
抚摸火山石，抚摸夕阳
抚摸世上已经苍老和正在苍老的这两件事物：

他们累了，一个是内心之火
燃尽在几万年以前
一个是面容晦暗如衰落的朝代

从风中、烟中、暮色中
我把手收回来
捡一根断木，当作下山的拄杖

我要回家
家在十里之外
在星火荡漾的南海上

2016. 4. 5

在岛上

我有一所房子
三角梅高过院子围墙，清晨鲜花明艳
正午枝叶蔽日，筛下丝丝阴凉

爱人在花影下拆读远方来信
我去老井打水，洗菜
狗儿跟在身旁，摇着一尾巴的闪闪阳光

蓝黑墨水写下的这个心愿啊
已经褪色。一些事物仍在加快纸张发黄
加快天色变暗

2016. 3. 22—2018. 4. 7

这样走下去

这是怎样的一条路？要去的
远处，又是怎样的远处
我乍到此地，回答不了自己
不能坐在树墩上发呆
还要赶很长的路才能歇下来

在这条路上走下去
走下去，我将走进另一片枫树林
蝴蝶将看见我：雾气湿透裤管和衣袖
更多的草叶与泥土
沾在鞋子上

在那里，我将想起
一条分岔的路、一丛凋谢的路边花
看不见那块炸裂的巨石
听不清一颗破碎心灵的凄惨叫喊
和悲声哭泣

我会发现：风吹归风吹，鸟鸣是鸟鸣
树荫遮蔽的涧水阴暗一片
半截身子陷在水中的枯树，仍将
深陷其中。过早零落的叶子：漂浮，下沉
烂在深涧的最底层

2016. 1. 11

我也不要你了啊家乡

当天气转暖，鸟群就不要你了
家乡。他们拍拍翅膀
就去了远方
留下稻田悄然长草，留下野花暗自熄灭
留下南风，吹响
满架的苦瓜叶
当列车驰来，我也不要你了啊
家乡。我一次次地回来
一次次地离开
如今，我已到了发丝灰白的时候
却仍然飘飘荡荡
没有蒲公英那么好的命
没有谁敞开草丛，没有谁伸出树枝
把我收留。我只好飘飘荡荡
眼里含着巨浪翻滚的海洋
在外省的夜里淋着雨，慢慢回想
回想当初如何转身离去
留下狗儿低声呻吟
拖着被石块砸伤的左脚
回到父亲身边。留下庭院空空
留下满架苦瓜叶
吹着南风

2015. 4. 11

远行

那黄昏，有人步下枝条
飘进风中，消失在雨疏烟薄的亭桥
有人深锁房门，转身远走：
脚印两行，咳嗽几声
有人停下劈柴喂马，绝尘而去
不看酒馆里的灯光
不听夜色中的火车长啸
没干完的活、没唱完的歌、没流尽的泪
就此罢了
那深夜，雨中山果落
弦断无人听，你不翻旧时信札
不看闲潭落花
策马出城，一道道闪电
认出你长发披肩
终有一天，我也将起身远行
回想一生中后悔的事，诗者的梅花落满南山
美人的百宝箱沉入万古奔流的长江
我心里起伏着几千里的惆怅
而没有野草被焚烧之恨，没有土豆被埋没之屈
只想带上七月的那些账单
带上那个年代的照片：
山依依，水悠悠
烟波几重
青竹随风涌向水边，在日影里
照看初春的容颜

2014. 10. 27

雾中人

我热爱的那片云，一生都在收集雨水
一生都在担心土地干涸
青草、麦苗和鱼儿，如何活得过春天

我热爱的那颗星，不贪图
云里的睡眠，不吝啬身上的闪闪银光
夜夜都为远行人照亮阻长的路途

我热爱的那片海，胸怀天地间最大的才情
却像一无所长那样慌乱不安
从高峰到谷底，从谷底到高峰
循环起伏，不止不尽

我热爱的事物啊，纵使近在眼前
有时候，也难以捉摸

我热爱的那个男人，不想占有
一纸铭文，或半枚金币
他拳头似铁，专打途中跳出来吃人的虎狼
他一生都走在深林中，为迷途之人
寻找出路，让他们穿越山冈
回到母亲身旁

我热爱的那个女子，白衣胜雪
住在一座小岛上。她

眼里依然荡漾着清波，开阔着澄明的天空
容易让人忘却蛇的语言，不惧
业已经过和正在到来的黑夜

我热爱的那份恋情，还未苏醒
我说你看吧，蔷薇开花了，春天凋谢了
雨后的空街灯火阑珊
我彻夜无眠，回想你在梦中
赐予的那把香草

我热爱的事物啊，纵使近在眼前
有时候，也难以捉摸

我热爱的那首诗，至今无人写得出来
我仍希望有人与她相遇，如同
一抬头就看见窗外的春江明月
她的纯真和美好，让人相信——
什么样的风雨都会渐渐平息
爱人未曾离开。值得纵酒放歌
在大地上的任何地方
而不是只能在角落里战栗
哭泣，带着流水的绵绵悲伤

我热爱的事物啊，纵使近在眼前
有时候，也难以捉摸
让人怀疑

在某个乡村、某个城镇
如果你认出一脸隐忧的那个人是我
请别追问他的去向，让他继续孤单的旅途
领着一身烟雾

2014. 4. 12—2014. 8. 7

蝶吻

蝴蝶好看又精灵
我乐意在彩翼掀起的微风中，追寻
那些陌生之美的闪光
我喜欢在接近蝴蝶的那一刻，遇上春天那样
丰满的惊喜和失意
我因痴迷而为难自己
想重拾兴趣，又为时太迟
当暮天钟响起，我将踏花离去
喝茶人仍在喝茶
赌博者仍在下赌注。无人留意身边走过
这样一个人：发丝萧疏
嘴唇干裂，曾得到蝴蝶的
轻轻一吻

2013. 9. 29

白发生长

在路的转弯处，我回头望了又望那两棵树
天黑了，我在旅店里想那两棵树
想他们生活在河的两岸，从落叶纷飞
到新芽疯长，伸长了枝叶，也越不过那条
幽暗之河
水流花开。烟云飞渡
每棵树都很孤独，很无助
寂寞的时候，一棵树也想跟另一棵树说说话
生病的时候，一棵树也需要另一棵树来嘘寒问暖
那一夜，我想了很多，很疲惫
很多白发在生长
我用手搔了搔头皮，只是搔搔头皮而已
阻止白发生长，决非我意

2013. 9. 28—2014. 12. 24

风吹芒花

天寒了，风吹四野芒花
吹海岛的苍苍白发
日也暮了，越来越深的晦暗与荒凉
浸入这条路

朋友啊，鸟声比水流更加急切
我们可以坐下来喘气
让泪水涌出心中的委屈，让荒草
从身边蹿起，蔓过头顶

没有什么是必须的，除了忍耐
除了爱，深深的
爱，像我们见过的所有的草木，把根须
深进命运的夜色里

2012. 12. 31—2022. 11. 15

一个有些奇怪的少年

每当岁末，总会有人在院子里
在门前的大树下，劈柴
把劈飞出去的柴火，捡回来
整理成捆，来来回回地
抱进厨房里。如今
我已无柴可劈，也不用柴火做饭了
在城里，我已生活了很多年
至今难忘的，不是我挥斧劈柴的情景
而是在劈开木柴之后，俯身
捡起那些木片，看了又看
嗅了又嗅。而后，起身远望
几只白鸟飞过海边的村庄
那时候，我好像已年满十二
或者正好十一
而我发现自己，已是一个
有些奇怪的少年

2012. 11. 4—2022. 11. 23

深秋，一直深下去

天色阴沉。江水无声
那么多叶子悄然枯萎，颜容冥晦
那么多果实，在雨后的棚架上
弥散着腐败的气息

这样的深秋，一直深下去
这样的一段旅程，让人越来越切肤地感到
时日之冷。这样的一扇黯然深锁的门
不再有人轻声叩问

还有什么，好奢望
好慌乱的呢
最后，像纸团那样被揉拧过的心灵
会得到寒风的安抚
不曾有过帝王之梦的草木，也将
获赠冰雪的冠冕。冻土里的转世之花
渐渐苏醒，当着雨丝满天

2012. 11. 3

风声

暮云翻卷
马儿吃草，摇着黄金和白银的鬃毛
我在草地上歇息：舒展
松弛，一如卡车卸下了稻草
歌音飘过了林地
牧民们来的来
去的去
人人都忙着一天中最后的活计
没有人问我：
你的家乡在哪里
想到何处去
我走过的路越来越宽敞
畅快的心情，四月的流水也难以模仿
此刻，我有些忧伤——
那个年轻妇女给兔子喂菜叶
衣衫陈旧，却很整洁
小男孩抱着老母鸡，圆润的脸颊
像苹果，成熟在山东的九月
我们似曾相遇，却无从说起那遥远的往昔
当我起身离去
他们的嘴唇，动了又动
我什么都没听清
原野上的风声，渐渐响起
渐渐沉寂

2012. 10. 7

童年，燕归来

是你们拉开了春日的窗帘
让我看见满天烟雨？还是满天烟雨
将它内心的笼子打开
把你们放飞了出来

在低处，你们修剪雨丝
修剪树叶和秧苗
你们在电线上互相偎依，窃窃私语
音符洒向田亩的脸庞和睫毛

每年春天的这个时候
我都会坐立难安
山那边的田垄、青草、天空
风中的音响，都是火焰

我还没学会骑自行车
只好盼着开学的日期早些到来
当我被送回老家
送回这片让我禁不住奔跑和歌唱的田野

与你们相遇，我又一次
发现自己是会癫狂的
我知道自己逢上了
人间新的春天，爱上新的一年

2008. 2. 29

辑四

明亮的事物都曾得到神灵的亲吻

记游昆仑山

从清早走到正午，从海拔两千七走到四千二
车子，仍在万山之间

群峰托着白雪。蓝天蓝得无牵无挂
在远眺与远眺之间，在仰望与仰望之余，我凝视
雪水潺潺赶路，瞥观绵羊低头吃草
也在朋友的惊呼声中扭头
追寻，认识——羚羊闯过戈壁公路之后的
悠然

这一路，无数景物见过我
我想牢牢记住：一丛丛小黄花，挨在
弯弯的细沟浅壑旁，也错错落落地贴在
漫漫的沙石土层上。她们
太微小了，而她们的额头反射玉石的光泽
——明亮的事物，都曾得到
神灵的亲吻

2023. 7. 29

冬至

前天让毛衣领子立起来
贴着脖子。今日唤醒休眠了一冬的手套和帽子
冷，玻璃咬着牙
窗棂支着霜花的清晨
天色阴沉，塔尖迷失在自身的疑虑中
我疲倦在日复一日的居家里
此时，我感觉到笑意在脸上轻轻微微地荡漾
——雪在赶路，山桃花的乐队也在赶路
我没看见他们纷纷而来，我相信他们正在
纷纷而来。他们将在门外的枝杈上
重聚，再次认识胡同里的
灯火人家

2022. 12. 19

黄叶树

好像是从边缘开始，又好像并非如此——
满树叶子从深绿变成浅黄
由浅黄转向金黄，像
一支乐曲的演奏、一个女子的成长：
明快，充满力量

看，一棵树的灿烂时代正在到来
一座城的迷人叙述已经展开

霜降后的第二天，星期一，那棵树
陡然瘦了，像大病了一场
树冠东面的那些叶子几乎掉光，她们
连褐黄、焦黄，都熬不到

何以如此？下班后，在走进地下通道之前
我看了看枯叶铺陈的地面，看了看
阴沉的云天

2022. 10. 24

礼物

持着花枝，栾树那么明亮
站在农展馆南路地下通道口前面

无数赶地铁的青年人、中年人，从那里经过
我也在其中，我也看到栾树手中的
花枝：细细地，密密地开着——
一场始于夏末的爱情

走进地下通道之前，我身后晒着上午的艳阳
眼前映着不易察觉的金光

2022.8.8

给

我确实应该提前给你写一封信
——我们即将重逢，我已经认识你
整整五年。随便什么地方
我都能安安静静地耗上半天时光
不仅仅因为你的宫墙红
你的城砖灰、你的银杏黄、你的长天蓝
我出发了啊，北京的秋天
通过农展馆南路地下通道口的金黄栾树花
通过团结湖路上的白色槐花
我踏上去见你的旅程，就在这个
朝雨初歇的清晨

2022. 8. 8

雪后

天蓝得纯净又宁静，如同琴键上
奏出的梦境
公园白成一片，空气冷冽
清新，直沁内心
在山桃花初开的林子里，在晨光的照射中
我俯身又抬头，细看树杈托着的
枝条挑着的、亮晶晶的雪粒
细嗅蓬松雪粒压着、裹着的粉红花朵
微风轻吹，鹊翅起飞
雪粒簌簌而落，落向我的头顶、我的掌心
我的前后左右。也许只是一瞬间
也许过去了很多年，我还在花树下流连
明天此时，枝头的积雪将了无痕迹
几日后，小丘将陷入漫长的回忆：
落花纷纷，模仿飘雪的样子，却无从
真正代替

2022. 5. 28

北国之秋

撤去晴空，暂停清爽风吹
让连日阴雨笼着小镇
罩着都城
让外卖小哥不停拭擦手机上的雨痕
让石头窗台忽然怀疑抑郁微微锁紧了自己
也让柳条低垂，滴下水珠
回应阁楼上鸽子的嘀咕

不出三日，又换上蓝蓝天幕
推出白云，点缀鸟群
让枫林染红，让银杏白桦竞相泛黄
让坝上草原铺展巨幅油画，让惊天动地之美
随风起伏，光芒闪耀
也让动车从隧道中脱身，一路疾驰
甩开山的影子

噢，北国之秋！疯狂而又慈悲的艺术家
让高粱红火，让石榴构筑水晶屋
让昏睡者从钟声里醒来，开窗下楼
让轮椅把老者推出
让终于回家的孩子趴在母亲肩上痛哭
让羞涩之人献上最深的拥抱
为爱情，持花走过落日下的广场

2021. 9. 20

礼物——致孤城、林珊、利娟

闪电湖远了。车子在导航下驰向白桦林
而后来，我们拐上了——
从未走过的路途：草原天路

不一样的草场、田园、杨树林
一一出现。连绵松林之上的蓝天白云
高山斜坡之上的满地野花，此生从未见识的
一切，一一出现

进入最接近云天的那片花地
我们赏花，采花，笑谈，指着暴雨将至的云层
草原天路不再是昨日的草原天路
我们彼此，几乎认不出

2021. 7. 11

槐花香

车灯推进人行道：一片接一片地前来
一片接一片地移开
速度并不快，也许是因为
夜已深，因为路面还铺着雨痕

枝头的槐花，已经飘落和正在飘落的槐花
被照亮的，是极少数
更多的，没在渐趋寂静的黑暗中
但每一朵花儿、每一只细小而又柔软的香料盒子
都敞开自身：气味稀薄
但刚好盈满这座城

摘下口罩，我细嗅湿润的气息
在返回团结湖住处的路上，在群星闪闪的
七月的夜空下

2020. 8. 3

花树之美

迎春花丛插遍了粉黄的小火炬
勇敢和怯懦的玉兰都在纷纷表白
没错，迎春只开迎春花
玉兰只开玉兰花

春分过后，桃树只开桃花，杏树只开杏花
梨树只开梨花，海棠只开海棠花
丁香也一样，只开丁香花：
紫的尊贵，白的纯洁

每棵花树都很美
美，让抡过头顶的斧子突然停住
让人想在树下酣眠，想拥抱
想奔跑，满世界叫喊，痛哭一场

我说，每棵花树都因老实
而美好。你说，每棵花树都有一个
忠厚的导师：春天

2019. 3. 22—2023. 1. 10

分界洲

少有这样的一本书：摊开山南日照
呈现水北云雨
你自西南来，他从东北出发
我们在书中相聚，让海岸线如句子：
直接又婉转
让段落与段落之间波澜起伏，阻隔又承接
让浮云虚度，让碧浪
扑向银滩，兴奋无边，疲倦也无际
我们在书中登高
直上望海台：喝咖啡，饮椰子水
眺望千里长沙的方向
暴雨袭来，伞具吹飞了
头发衣裙淋湿了。我们仍在亭台下
临风指点又笑谈

2017. 7. 11

山中笔记

我们早早起床，想沿着雨林溪谷
寻找一条江的源头
那是十二月的清晨，同伴十余人低头吃早餐
窗外枫树静立，白雾迷茫
没有人陪我喝咖啡，我一个人喝
慢慢地喝。视线从白瓷杯
移向五彩涂抹的枫树林——
那里雾气升腾
鸟儿飞行，海岛之晨也在飞行

2016. 1. 9

白水塘畔

天光云影忽明还暗的白水塘
清波微微泛起的水面上，如果我是一只
落单的水鸟
一个灰衣白发的渔夫
每一天，都会感到舒适与
安详。只要岸上的推土机、挖掘机统统撤走
过往的汽车开得慢一些
别卷起那么多尘土
只要春风不嫌、明月不弃
护送芳草和野花，返回这水畔
这青青的林间

2014. 10. 8

六月的海岬上

海浪拍打岬角，无始无终
想把岬角拍回陆地中央
岬角天天守在那里，如同读了几页兵书的草寇
只晓得以静制动
我起身离去——六月了
海岬上不见雏菊花开。南海的风
吹着乱石占领的山梁
呼呼作响的，总是成群结队的木麻黄

2014. 6. 30

三江入海

从五指山开始，那流水一路奔走
不止不息。在落日下的长桥上
我曾目睹流水滔滔向前，林木的千军万马
驻扎在连绵的河岸两旁

我说不清万泉河之名的由来
说不清河水经过多少村庄、多少城镇
说不清那河水滋长过多少庄稼
藏匿过多少鱼虾

在上游的某处，那流水绕着青山
迂回，缠绵，难舍难离
而最后，还是从那里
消失了自己

十一月的这个黄昏
我又遇见了万泉河，也遇见了
九曲江和龙滚河。它们来路不同
却都在这里见到了我

我不是连续不断的风，不曾翻阅
九曲江和龙滚河的族谱
不清楚那些生来就喜欢奔跑的事物
所从何来？所向何处

晚风中，当我登上黄昏里的楼台
才看见九曲江、龙滚河
万泉河，都以博鳌为新的起点
直向烟波浩渺的南海

2010. 11. 29

辑五

别踢它们，它们已是落叶

寄自格尔木

流云迟迟。瑶池从车窗上消失
羚羊、绵羊、毡房、河道、卵石、野花，也
模糊了流云下的身子

从昆仑山上下来，我还意识到：
漫长的青藏公路，我只走了
一小段
高耸入云的玉珠峰、玉虚峰，我只看见
浮云下的一小部分

诸神知道我两手空空
神狮山看见我在南山口下车，徒步
经过检查站，再次上车，返回
落日下的格尔木

当人们说起他们征服这座那座风光无限的山川
我不觉得自己白忙了一场
——此后，我的人生
和神山联系在一起。正如分别多年
白发早生，想到你的名字，微风总会
飘起樱桃枝叶上的星子

2023. 7. 31

霞浦有寄

好像要下雨了。领队催我们上车返回市区
转弯，直行，转弯，直行
不到半小时，霞光映在海岬上、海面上
油门不在我脚下
方向盘也不在我的手中
车子在曲折的海岸公路上行驶。我从后视镜里
寻找踏浪而行的那片大京海滩
如果今夜有梦，我希望再次回到此地
传送门轻轻打开
你飞奔而来：海水从你脚下溅起
星星在你头顶闪耀着光芒

2023. 6. 21

回家

母亲从窗外拉开帘子，喊我起床
墙上照着又亮又暖的晨光

这时候，公猪母猪都喂饱了
鸡鸭还在小院里啄食，拍翅，鸣叫
母亲转身进厨房洗刷大铁锅，准备烧水煮肥鸡
父亲已经从小镇上回来——
大袋小袋里装着青菜、排骨、鱿鱼和大虾

两年没回家，我想早起
为双亲忙活些什么
怎么就这么晚了？晨光照在白墙上

我还没醒来，还是一个小男孩
枕头下压着旧报纸包衬封面的语文课本
咿呀声还没开启沉重的大门

2022. 12. 24

霜降前夜

手机拨通了，才恍然想到——
这时，已是深更半夜
你问父亲的腿疾近日可好。你明明知道
他的陈年病患，实在是
好转无望
父亲说他并无大碍，他说——
倒是你母亲，她这半年更容易忘事了
她消瘦得相当明显。她总是凌晨醒来念念叨叨
念叨你
通话结束时，寂静像潮水一样合回来
裹着你。你感到有些冷
——父亲的声音，不像来自南方老家
而是遥远的西伯利亚

2022. 10. 20

衡山行
——致程兄继龙

选择了乘车登山，车子就一直
把我送到南天门

多么熟悉的旅程：穿过影
穿过光，车子呼呼而行
我免除了自己从山谷到顶峰的徒步攀登
免除了汗流浃背脚丫出血，免除了
因脚底打滑而丧生悬崖的可能
作为相匹配的回报，衡山
免除了我对飞禽的亲近、对草木的相依
免除了我对群山秩序的认识、对层林深沉
流水清浅或迂迟的理解

祝融峰前，云烟飘忽
松枝微微摇动——谁的衣袖轻拂树梢
谁登场离场，领着自己的人间
我听不清山寺的佛音，无法分辨
去留的方向

多么熟悉的旅程：车子呼呼而行
穿过影，穿过光
我就这样，与八月，与南方
互相走过场

2022. 8. 29

踢落叶

层层叠叠的落叶：干枯，卷曲，满身皱褶
仍带着浅浅的绿色

寒风一遍遍地吹着它们
它们一遍遍地动着身子：几片翻了身
几片起飞又很快坠落

这是农展馆南路的白杨树下
这是早班必经的路上
眼前出现唐纳德·霍尔踢树叶的画面
风中响起一个声音——

别踢它们，它们已是落叶：
被死亡之爪牢牢攫住，即将腐烂
在大雪掩埋的黑暗中

2021. 11. 30

深秋

云层射出霞光。草坡明暗交错
牛犊又蹦又跳，甚至小跑，不肯停下来吃草
每个清晨，它都很兴奋
很自由自在
我也跟着它兴奋，我喜欢它
自由自在，我喜欢
——这是何年何月的事
祖父不在了，祖母也已过世
今天，牵牛耕地的人是四爹。我也老了：
一身枯山瘦水
牛犊在松树林边小跑，又蹦又跳
我扫了它一眼，就转移了视线
我看着戴轭耕地的老黄牛，走过去
伸手抚摸它那大块结痂的脖子
看着它眼瞳里的深秋
从远到近、从近到远，我看了一遍
斜阳关照的田园
风摘下我的草帽。我深深地弯腰
耳边闪过几双翅膀

2021. 11. 11

京城二月，寄海南诸友

换一段路来远行
换一条江岸来望星空
换一件牛仔服来飞扬青春
我这样想过，也这样做了
那是我的年少时光，恰如露水滴下草尖
又似微风拂过花丛，轻轻松松

换一片枯叶来细嗅时光苍老的气息
换一部史书来倾听去日的哭泣和诉说
换一个地方来生活
我这样想过，也这样做了
这是我后半生的开始
是那年十月：银杏掏出薄薄的黄金拨片
弹奏清秋之歌。声音渐高渐尖
风渐凉

就这样，我第一次与雪相逢
第一次拥有一扇朝南的
窗：离家五千里

2019. 2. 21—2. 27

后沟之夜

榆次旱塬。零下十八摄氏度
脚板冻到发麻
踩不稳石块，差一点就从陡峭石阶上滚下
我喊冷，但没有跺脚
古柏多么宁静
玻璃窗上的冰花多么宁静
十八座神庙、一座祠堂，多么宁静
我没有跺脚。头顶上
唐代的浩瀚星空蓦然重现
——有人在那里聚会，谈古论今：
光芒璀璨
我听不清高远的语言
唯有静静仰望。如果我再静一点
就能看见自身在变轻，松散，化为塬上
微微星光的一部分

2019.1.3—2021.3.7

地坡岭听雨——致江非，兼呈有膑、子积

地坡岭。小楼第六层
你选择的栖身之所：不是流放地
也似流放地
比起珠峰五指山，谈位置和高度
显然不合适
但你因此获得狮的天台
鹰的视野

十年间，星河高悬
小城流变，不打算与故我相认
十年间，你从书房到客厅
从市场到医院
从金江到海口，从小岛到大陆
来来回回：疲惫、伤痛
都是孤身一人

一人拭擦世界的玻璃
晾晒孩子的冬衣
一人深宵点灯，照应黎明前的孤星，看出
人间万卷书其实是一部书
书中起风：尘沙飞扬，条条路径
只有一个终点
屋外滴雨：古老的说辞漏洞百出
但残缺溢美、蚌病成珠

听雨，我们听雨，在楼上
在道别的灯光树影下：雨落在你头上、肩上
夜向我们传话，通过沙沙雨声
我把自己听成满天雨点中的一滴
我想，你也是一样
在昨夜，在苏轼曾经路过的
海岛西北角

2018. 8. 18

一个愿望

台风季即将过去。我想回到老家
从床底拉出工具箱
找到父亲用过的凿刀、刨子、锤子和锯子
我要锯断那支在墙角里的长梯
全都搬到院子里

我需要一把尺子
几张木板
不必考虑紫檀或花梨
是否耐用百年也不是问题
荔枝木真好：颜色质地相匹配
叫人舒服到骨子里
桉树、苦楝木，实在不差
人到中年，一些怪异气息闻了大半辈子
再闻那么轻微的一丁点，又不是
杀人夺命

我还要一堆木楔
不要铁钉。铁钉经不起锈蚀
锈蚀的事物，会因伤口和误解逐渐扩大
而化为一地残渣

台风季即将过去。我要花点时间
做几张像样的椅子
为自己，为年少时爬梯上过屋顶的伙伴

墙头雀鸟会看见：我在板凳上
坐稳自己，劳锤动锯
轻快又平稳地推拉刨子

2018. 7. 17—8. 15

登火山口

马鞍岭不足二百二十三米，却是
海岛北部的制高点。古村草木野蛮如
铁骑：年年席卷，仍旧
为登仙者留下来去的痕迹

我曾登上那高处
挺身振衣，大口呼吸
当我伸张双臂，两袖就开始回应
风的猎猎呼吁
我摸不到群星，摘不着天上的花枝
但完成了风中的飞行

你不在身边，我飞了一阵子
便沿着来路下山，翅膀
折进裤兜里

2017. 11. 10-12. 26

别吕翼

五天五夜，我尝过你常吃的米线
摸过你写的书，你搬的城砖
还拍了在你的汗滴里开花结果的梨树、苹果树

哦，不止这些
金沙江畔、铜锣坝上，我们极目眺望
豆沙关边、龙氏祠前，我们放慢脚步轻声交谈
我们也许比一块怪石略有胆气
却担心墙柱风化突然剥落，担心画中人
突然泪洒衣襟
担心雷雨之夜灯火熄灭地暗天黑
我们互相提醒：守护灯盏
记住火柴存放的地方

哦，远远不止这些
但这些足够我用一生来回想
回想你在上午的晴朗里送我去看荷花，去机场
我回我的海南岛
你留在你的昭通城：日照下
像一颗红黑发亮的枣子，背景是苍山
也是云海

2017. 7. 6

梅约

穿过金花村、中介路，买一张四元钱门票
进得书院，看看那两棵白梅
海岛东北独有的两棵白梅
从认识你的那时起，每当一月底
二月初，我就会重复这件事

那是一场无媒之约，不同于
张生翠莲之会，却也是眼波潋滟
心尖冒出蜜汁点点

想想去年：楼台清静，缅栀子掉光枯叶
掌教老得铜锈发绿
但目光澄澈；不见长袍书生
却有白梅花开
我在楼上深呼吸，嗅嗅那馥郁的香气
我在树下扬起脸。微风轻吹
撒我一身花瓣

当我老得走不动了，当你还在我身边
请代我赴约
放下杂活，别看着花事湮灭
去捡几片花瓣，擦擦掌教身上的锈迹和
尘埃

2017.3.20

一段路

在灌木草丛的夹缝中延伸，弯曲
冷清，通向大海
通向海岬上的白色灯塔
——大陆上的道路，我走过千条万条
山岭叶红的初冬，原野草青的仲夏
回想伴我半生的小岛，这样的一段路，就会
显现自身的形象，像一个泅渡者
从烟水中游来，嘴唇发青
眼睛有神

2014. 7. 3—2022. 11. 27

在南港码头

夕阳看得见，长路也记得清——
有人在这里问路
过海，吹着琼州海峡的晚风：发丝飘飘
四野茫茫
在这里，我看一节火车头
一个老家伙
——他在海岛上来回奔跑的日子已经结束
几丛荒草、一堆落叶，断了他的前路
他真的老了，冲天才气已泄尽
风雨中、烟尘里，只剩下剥落油漆铁锈的权利
这一切，沙也知晓
云也明了，没有哪棵树转身
向我询问：年轻人啊，你从哪里来
为何一身灰衣
两眼忧戚

2014. 3. 16—2021. 6. 12

把一棵树种在南方乡下

把一棵树种在南方乡下
种在海边老家
亲人早出晚归的路上，该开花的时候
就让她开花
该结果的时候，也别让她
死死憋着
顺便，让她认识犁耙、水牛和布谷鸟
让她看看老年人脸上的河水
中年人眼睛里的烟雾
看看晒谷场上的落日，也听听
青草和野花传唱的歌谣
那些事物，迟早会
消亡。别因为认识一场而喜悦或忧伤
当炊烟飘散
当亲人远去，不再回来
我不会像大海那样日夜翻滚咆哮
晚风中，我放下背包
靠着树干，如同靠着爱人的肩膀
星河朗朗，我能找到织女牛郎
能认出——
亲人投胎转世的模样

2013. 3. 1

旅夜书

秋雨。秋雨在梧桐叶上
敲键盘，写一封长信：一阵噼噼啪啪
一阵淅淅沥沥

炭火成灰。铜炉长上绿斑
哒哒的马蹄声送你离去。你住过的房屋
已换了主人。雨水连连滴下叶片
一双灰翅膀从窗前闪过

真的说不清啊，秋雨把信件寄向何地
你才能收到人世的消息

2012. 8. 14—2022. 10. 9

辑六

你摊开书本遮着脸

风铃酒馆

东城回到落日黄昏下，交道口南街
回到李白桃红斜照中
宴饮时分，只等客来铃响声

时见帘动门开，时有
退场者噔噔下楼
25 号牌在手，我们且坐且等且笑谈
——没有流不走的逝水，没有等不来的花开
毛边书第七页第四句，奇迹
已埋下伏笔

当杯盏碰响莹莹琥珀光
当三张微醺脸庞掩不住老酒桃花酿
窗外斜巷、城中长街，溢彩流光正推动
夜的故事情节

2022. 4. 1

春节记

弟弟用铁锅炒菜。父亲在砧板上切鱼
母亲把柴火添进灶台
小侄女不会洗碗，却在那里
争相显摆
锅碗瓢盆相遇，并非一场欢快的交响曲
杂乱之声，持续到饭菜上桌
昨日如此，今天亦然
想想也安心

很少讲祖父传下的那套老规矩。你爱吃什么
就夹什么。我想说什么就说什么
嘻嘻哈哈，吃相不雅
全家人都在，想想也安心

经老井，过水库——算不上散步
饭后去村口转悠而已
还是二月的天气，不热不冷
不见野花提灯照暮色。倦鸟入林
仍是往日那般纷乱、嘈杂，像小岛上的集市
像大陆各地的车站——
不是死寂，才能叫人安心

这安心，寻常如一纸日历：卷边
微微泛黄，毫不起眼
但风中掀动的声音，偶尔

会让我想起仓中存粮的踏实
海上日出的暖意

2020. 3. 1—3. 3

骑楼半日

炎夏尚远。游人渐少。三角梅长得正好
我坐在长廊藤椅里喝椰子水
迎着海甸溪的凉风轻吹。可以翻诗集
可以听音乐。我多看了几眼
红男绿女的飘来拂去
我低头给你发信息，我们聊了许久
我停下来喝椰子水的那一刻，楼道里的斜照
斜到中山街的那一侧

2017. 3. 20

暮归

蜻蜓纷飞。鸟群栖进晒谷场边的松树林
是该收工的时候了
母亲头戴斗笠，肩挑青草
我紧跟其后，牵着水牛
细长而又弯曲的田埂上，走着哪些大人
哪些孩子？很多年已过去
我怎么也想不起
只记得，那是台风即将扑来的季节
那是水稻逐渐成熟的五月
每次回家，我们都在白沙水岸
洗净了双手和脚丫

2014. 10. 22—2016. 2. 29

大海帮我们记住

天亮了。潮声阵阵。小岛还在那里
我们散了，从哪里来
回到哪里去
大海帮我们记住：昨日的夕阳
骑在牛岭上
分界洲岛灯火闪耀
十二三人饮酒，谈诗，谈和诗有关无关的
人与事
多年后，我们眼花的眼花了
痴呆的痴呆了
大海仍将帮我们记住：从那以后
一人决意隐居，专事园中幽草与佳木
一人开始漂泊，胸怀远景，击水江湖
我们哭笑过的地方，依然
酒肆林立、茶楼飘香
我们七零八落，凑不齐满满的一桌
像林子，遭了暴风雨：
枝叶离披
果实砸进泥水里

2014. 4. 8—2015. 4. 28

蓝庭记

花树丰满
庭院逼仄

你躺进藤椅里小憩
我靠着花架喝茶

在我们头顶
每根枝条都有自己的方向
每个方向都有绿叶舒展、鲜花盛开
每个方向都闪着四月的光芒

没有雨
有风来过
早谢的几片花瓣零落

光阴投影
满人衿袖

你摊开书本遮着脸
我手把空杯，忘了找个位置
将它轻轻放下

茶壶无言
冒着烟

2014. 3. 31

出海

出海前，我们并不知道风雨即将来临
有人在游艇上指给我们看——
云层聚集，海岸绵长。有人从楼宇上抹掉
夕光涂刷的颜料

开足马力，我们驰离新埠岛
赶赴海上落日之约，看人间一日晚景
之壮观，之惨淡

当金乌化为游鱼，潜入海底
当闪电在云层里放狠话，鲁莽之人吵得天地
不得安宁。我们回到岸上
晚餐，笑谈，看雨水清洗灯光下的街道

那街道，我们下午驱车走过来
今晚，仍将从那里走回去

2013. 7. 14

暮夜晚餐

暮夜到了，街灯也亮起来了
不再叫永乐街的解放西路，还有得胜沙路
博爱路，灯光那么温暖，却无法
把街上的昏暗和漆黑驱到白沙门以外

晚餐时间到了
一拨又一拨行人，一辆又一辆车子
在蒙蒙寒雨里来去
一桌又一桌食客，聚在骑楼下，打边炉
叫伙计称肥鸡，剁烧猪
切粉肠

你桌上的红泥火炉烧得正旺
锅里的美味咕咕沸腾
香气弥漫。你在右边空出一张椅子，望了又望
行人渐稀的街道、夜色深浓的天空

炉炭灼热，火光映照
你那看似无风无霜的脸庞

2012. 12. 25

辑七

我哭完了又继续忙碌

花树燃烧

从一座山头到另一座山头，风，
一阵急，一阵缓地吹着。
山桃花、杏花熊熊燃烧：花瓣纷飞，
飞成小小的木片、小小的火星。

这是延寿小镇的群山之上，这是
遍地花开的时节。
朋友带我来看花，来认识
壮烈又凄美的生活。

像真正的英雄、真正的美人，满树
花开，不掺杂一枝半叶。
多年前，即使在无穷无尽的梦中，这样的
花树，我也难得一见。
此刻，灿烂就在我的眼前，
熄灭就在我的指尖。

返城途中，我感到幸福的大海辽阔，
又止不住悲伤的波涛汹涌——
我找到了前半生未曾遇见的事物，却
怎么也找不到你。

2024. 4. 23

前世

街灯中的风衣飘动是你给的
寒夜里的漫步是你给的

册页间逸出的木浆气息是你给的
水珠在果实表面反射的洁净之光是你给的

茶杯里飘出的青烟是你给的
深夜酒杯与酒杯碰出的叮当声是你给的

梦里花落满衣裳，也是
你给的

2023. 3. 5

完美时刻

侍者轻声提醒酒馆打烊的时间
我们撑伞出去，绕过积水
走向岸边的木栈道
细雨彻底为我们清了场：跑步的人
遛狗的人、独自静坐的人、无事闲逛的人
全都散去了。如此完美的时刻
好像先定的时刻
草木交出薄雾疏影里的气息
雨点洒向水洼里的灯光，洒向灯光里的江流
你的左手碰到我的右手
我接住了雨花，也接住雨花之上的
光芒

2019.8.8

夜雨寄

阴雨迷迷蒙蒙地飘着
情侣持花转过街角
车辆先后停下来，等行人穿过斑马线
隔着十七楼的玻璃窗，我认得
这是入秋前的广场
这是绿树分荫与流水的南方城市
隔着性子慢悠悠的江流，我想得到
你在对岸重复昨日的劳作，静静地看着
孩子成长：从小院奔向大街
前几步才是懵懵童稚，后几步已是飘飘少女
你也会静静地对着镜子
淡斑正在割据你脸上年轻的疆域
回家的路在飞雪中消失
小说里的女生蹲在地上掩面哭泣
隔着这一生，我并不清楚
你是否还似花枝：穿过风雨归来
临水凭栏，灯光里眺望跑步经过的江岸
也不清楚，你用过的名字
是否还会再用一次
我轻声叫喊的时候，你是否
会蓦然回头

2019. 8. 3

我想和你一起生活

我想和你一起生活
在父母之邦，天南或海北
任何一个很轻易就让我们泪流满面的地方
我们相依为命，像云和月
山和水，像左右邻居那样上班、购物
却只像古人这般：
灯下赋诗词，风檐展书读
我想和你一起生活，不变花样
不把每天都过成节日
只愿鸽子把清晨的烟火气息带到蓝天上
只愿流水回家，向东或朝西
心境总是一片清澈
每年中秋，总是把月饼切开来
分着吃
父母孩子都在身边
茶杯当酒樽，碰了一轮又一轮
我们想倾听，时光通过瓷器告诉我们的
活着的意义与真理

2018.9.20

一个梦

山雨泼在莽林上
涧水哗啦响
响成群兽奔突，直下山脚

天快黑了，我和狗儿朝家的方向急忙赶路
枪管上挂着鹧鸪、雉鸡和野兔
我们都很疲惫，担心下一步就踏入黑暗的深谷

托上天的福，我捡回一条命
带回山神礼物
来见你

你为我开门
孩子在你怀里入睡
柴火在炉内燃烧

我泪水涟涟，你一时看不出
雨那么大，你双眼红肿
我一时也看不出

2018. 6. 23

马纳科夫

战后的广场上，我等了又等
你骑车经过，红色围巾引领细雪飞旋
车辙在你身后渐渐消失
冻疮在我的手上越来越明显

穿过雨夜街区
我把花束放在你窗台
我有些抬不动双脚。回去的路上
雨点打得站台棚屋啪啪响

咳嗽加剧，额头、后背全都是汗水
我醒来又给你写信
蘸了黑瓶里的蓝墨水
风在窗外，在黎明前呼喊谁

那些年月，我提着心
吊着胆，对你所作的一切
解释了这个词：
爱

我清楚
那是我年轻时唯一有勇气去做的事
我个子矮小
不是邻居眼中像样的男子

所以我的名字，叫作
马纳科夫。所以我总是忍受各种议论和羞辱
总是自言自语，轻声绕过
风中高谈阔论的桦树

所以我的运气很差
秋天过了就再也见不到你
狗儿老了，马儿瘦了，我不明白自己
为何坐在树桩上哭泣

所以我哭完了又继续忙碌
一生无望，贫困病痛
死在一部长篇小说的倒数第三页：
身上覆着雪

远处灯火点点，炊烟缕缕
火车在雪地上奔驰
一个时代的暮色，不曾因一个人的退场
而淡去一分半厘

2018. 6. 20

天问

每个夜晚，你都把流星当作火柴
擦了一颗又一颗

我困了，在海边小屋里打盹，仍梦见
你不停地擦亮流星

我昨晚擦了又擦火柴，只为翻找二十年前的书信
夜这么黑
这么凉，你在寻找些什么

2018. 2. 14

账单

十五年转瞬即逝。也许你忘了
那天，九龙坡专卖店里的那套运动服很好看
贵得吓人。你要买给我
你说男人一年没换几套新衣，要买
就买好的

十五年转瞬即逝。也许你忘了
你那天在解放碑给我买了一件牛仔衫
二百七十多元，我只出了
一小半。你看我穿起新衣，开心得像个孩子
如同从父母手里收到过年的好礼

十五年转瞬即逝。也许你忘了
你给我买的 Ferando
我后来才知道那是一对表当中的一只
毕业前，我终于把另一只
戴在你的手上

十五年转瞬即逝。也许你忘了
你那天看到我买的火车票
就哭起来。你向颖儿借了四百元
拉我去换机票。你担心我坐火车走三十多小时
会发病，会客死他乡

十五年转瞬即逝。我们的青春年华

已枯萎，黯然成灰
我还记得那些账单，你看到什么好的都想买给我
而我们每个月的补贴，都不足三十元
家里给的生活费，只有两三百

那天，我向暮烟疏雨起誓：
若是腿断了，也要爬回来找你
而那年七月四日，我坐飞机离开江北
从此，云鹤杳杳
烟水渺渺

2013. 7. 21—2014. 12. 24

在流水一般的等待中

你不在这里。我只用一阵子
就拆掉了那间房屋——
砸了玻璃窗
卸去大门
推倒青砖垒起的墙壁
我还砍倒了窗前那棵即将开花的樱桃树
掀翻木头做的椅子
摔破了精美得令人心碎的酒杯
和茶具

你不在这里。那年发生的事
还让我阴云密布，对谁都不愿洒下纷纷雨水
那天，秋风还没吹起
我已重建了房屋
铺好回家必经的青石小路
江水流得很急
鸟群在沙汀上漫步
我坐在窗前的长椅上，吸烟
想事情，突然低下头去
掩着一脸泪水

你不在这里。那一刻
斜阳从身后过来，轻抚
我蓬松的灰发
樱桃树从被砍伤的地方长出新芽

把所有的心事，舒展在夕光洒满的窗台下

你不在这里。花开了也是白开
草长了也是白长
这么多年，我什么事都没有做过
无非是在流水一般的等待中，耗尽了
青春岁月里的，最后
一滴血

2012. 10. 5

图书在版编目（CIP）数据

故乡千万里 / 符力著. -- 武汉 ：长江文艺出版社，2024.10
ISBN 978-7-5702-3563-6

Ⅰ. ①故… Ⅱ. ①符… Ⅲ. ①诗集－中国－当代
Ⅳ. I227

中国国家版本馆 CIP 数据核字（2024）第 082090 号

故乡千万里
GUXIANG QIANWANLI

责任编辑：胡　璇　　　　责任校对：毛季慧
封面设计：源画设计　　　　责任印制：邱　莉　　王光兴

出版：长江出版传媒 | 长江文艺出版社
地址：武汉市雄楚大街 268 号　　　　邮编：430070
发行：长江文艺出版社
http://www.cjlap.com
印刷：湖北新华印务有限公司

开本：880 毫米×1230 毫米　　1/32　　印张：6.5
版次：2024 年 10 月第 1 版　　2024 年 10 月第 1 次印刷
行数：4680 行

定价：58.00 元